여기는
경성 모던
방송국

여기는 경성 모던 방송국

이정호 지음

미쓰코시백

정기세일

글라이더

어릴 때 서울 명동 입구에 있는 백화점에 간 적이 있습니다. 화려한 샹들리에와 반질반질 윤기 나는 대리석 계단이 눈길을 사로잡았습니다. 고급스러움으로 완전무장한 백화점은 낯설면서도 경이로웠습니다. 근현대사를 공부하면서 그 백화점의 전신이 무엇인지 알게 되었습니다. 일본 미쓰코시 백화점 경성점. 1930년 경성 본정통 일본인 상업 중심지에 우뚝 선 미쓰코시 백화점은 식민지 조선의 상징물이었습니다. 밤에도 조명으로 화려하게 빛나서 당시 모던보이와 모던걸의 성지였습니다.

1920~30년대 일제 강점 아래의 경성은 갑자기 밀려 들어온 신식 문물로 넘쳐났습니다. 백화점, 카페, 댄스홀, 미장원, 극장, 핸드백, 화장품, 구두, 손목시계, 문화주택. 라디오, 유성기…. 자

유가 억압된 그 시절에 들어온 서구 문명에는 변화에 대한 욕망과 변화로 인한 혼란이 뒤섞여 있었습니다. 일제에 부역하는 이들은 다디단 문명을 흡입하여 욕망을 채웠지만, 억압받는 민중은 무너진 성곽 터에 토막을 짓고 살았습니다. 일제는 이 상황을 자기네 통치 전략으로 치밀하게 활용했습니다.

1927년에 문을 연 경성방송국도 제국주의 지배 도구의 일환이었습니다. '심전개발(心田開發)' 마음 밭을 잘 다스리면 모든 위기를 극복할 수 있다. 라디오 방송은 독립 의지를 꺾어 일왕에게 순종하는 황국신민을 양성하자는 목표로 시작되었습니다. 조그만 상자에서 사람 목소리와 노래가 나오니 신기할 수밖에 없었습니다. 고된 식민지배에 지친 사람들은 라디오에 귀를 기울였습니다. 어디든 라디오 소리가 들리면 귀신에 홀린 듯 소리를 따라갔습니다. 라디오에 대한 인기가 높아지자 일제는 일본어 방송과 조선어 방송을 따로 하기로 했습니다. 1931년 일제가 만주를 침략한 이듬해였습니다. 일제의 식민지 통치 전략은 라디오를 통해 조선인들에게 시나브로 스며들었습니다. 저들의 침략야욕과 수탈이 알게 모르게 정당화한 것입니다.

이 소설의 주인공 '화경'은 부유한 집안의 외동딸입니다. 대지주인 아버지 덕에 부족함 없이 잘 살아왔습니다. 그런 그가 마름의 딸을 위해 발 벗고 나섭니다. 불합리하고 부조리한 현실을 깨려 합니다. 화경을 움직인 건 바로 근대 시민의식입니다. 우리의 근대 문명은 일제에 의해 강제로 이식되었습니다. 안타깝게도 우리는 우리가 원하는 때에 우리 실정에 맞는 근대를 받아들이지 못했습니다. 그러나 잘못된 역사와 맞서 싸우면서 우리는 진짜 근대를 만들어 왔습니다. 동학 농민운동, 의병 항쟁, 3·1 만세운동, 항일 무장 투쟁, 민주화 운동을 전개하며 '자유, 평등, 형제애(연대)'라는 시민의식을 키웠습니다. 지금도 우리는 우리만의 근대를 일궈 가고 있습니다. 그래서 1930년대 화경이 막 시민의식에 눈뜬 그때와 타락한 권력을 촛불로 몰아낸 현재는 맞닿아 있습니다. 화경과 우리 모두 가 보지 않은 새로운 길에 들어선 셈입니다.

남들이 가지 않은 새로운 길에 들어서면 두렵습니다. 이 소설을 처음 구상했을 때 저도 두려웠습니다. 1930년대 경험해 보지 않은 시대를 현재로 가져와야 한다는 강박감이 느껴졌습니다. 배울 것, 알아야 할 것이 많아 그만두려고 한 적도 있었습니다. 그럴 때마다 어릴 적 갔던 백화점을 떠올렸습니다. 그 화려함 뒤에 숨은 비참함이 이야기를 계속 끌고 가게 했습니다. "여기는 경성 모던방송국, 케이. 엠. 비. 조선의 아나운서 모던걸이올시다." 화경의 낭랑한 목소리가 자꾸만 귓가에 맴돕니다.

2019년 10월
글쓴이 이정호

차례

1
내지에서 온 신상품

화경이 교문을 나서려는 때 누군가 화경의 어깨를 툭 쳤다. 화경은 화들짝 놀랐다. 그런데 화경보다 더 놀란 건 화경의 어깨를 친 정신이었다.

"어머, 왜 이리 놀라?"

"애 떨어질 뻔했잖아."

정신임을 확인한 화경은 놀란 가슴을 쓸어내렸다. 정신은 갑자기 웃음을 터뜨리며 화경의 소맷자락을 살짝 건드렸다.

"하하하, 애가 떨어지다니? 숙녀가 못하는 말이 없어."

정신의 웃음에 화경도 어이없다는 듯 '피식' 바람 빠지는 소리를 냈다.

"너 오늘 꽤 멍하다는 거 아니? 평소 너답지 않게 말이야."

정신의 말이 맞았다. 화경은 온종일 넋이 나간 사람처럼 맹한 상태였다. 국어(일본어) 시간에 조선어책을 꺼내고, 재봉 시간에는 바늘 침을 여러 번 맞았다. 역사 시간에는 언제나 기억하던 메이지 유신 선언일을 잘못 말해 버렸다. 화경 같은 모범생이 저지를 실수가 아니었다. 교단에 선 역사 선생은 무척 당황했다. 1868년 3월 14일, 그 역사적인 날과 작년부터 시작된 만주 진출(1931년 만주사변)을 연결하려던 계획을 화경이 망쳐 놓았다. 같은 책상을 쓰는 짝 정신이 손가락으로 화경의 옆구리를 찌르며 힌트를 줬다.

"3월, 3월."

그런데도 화경은 누구보다 자신 있게 '4월'이라고 말해 버렸다. 역사 선생은 아연실색했고 교실 안은 술렁거렸다. 이상한 낌새를 파악한 화경이 급히 역사 선생에게 사과했다.

"스미마셍."(죄송합니다)

그 말에 이어 "1868년 3월 14일이 역사적인 메이지 유신 선언일입니다."라고 화경이 말했을 때 하학종(수업 마침 종)이 울렸다. 하늘이 도왔다. 포마드 기름을 따라 반듯하게 빗겨 오른 역사 선생의 머리카락은 다행히 흐트러지지 않았다. 한 올이라도 흐트러졌으면 화경은 교무실로 불려가 반성문을 여러 장 썼을 것이다.

"무슨 일 있어?"

"간밤에 꿈을 꾸었는데."

"그런데?"

"어릴 적 동무가 나왔어. 김포 살 때 같이 놀던 동무인 것 같았는데."

"그래? 꿈속에서 그 애가 널 잡아먹든?"

"잡아먹긴, 동무가 호랑인가. 아무튼 얼굴이 흐릿해서 누군지 잘 모르겠더라고."

"그래서 온종일 그 동무가 누굴까 생각했구나."

화경이 가볍게 고개를 끄덕였다. 정신은 별 꿈이 아니라는 듯 화경의 어깨를 다독였다.

"개꿈이네. 우리 집 일 봐 주는 시흥댁이 그러는데, 개꿈은 금방 잊어버려야 훗날 길몽을 꿀 수 있대."

"나도 알아. 근데 영 개운치가 않아서 말이야."

"그럼 우리 기분 전환하러 갈까?"

"어디로?"

"왜 이래? 오늘 학교 파하고 미쓰코시 백화점 가기로 했잖아."

화경은 그제야 생각났다는 듯 머리를 긁적였다. 며칠 전 미쓰코시 백화점에 새 손목시계와 양장이 들어왔다고 정신이 알려 줬다. 내지인(일본인)과 무역을 하는 정신의 아버지가 정신에게 알려준 따끈따끈한 소식이었다. 신상품 손목시계를 떠올리니 가라앉았던 화경의 마음이 조금 가벼워졌다. 화경의 입가에 어느

새 웃음이 돌았다. 화경은 정신의 팔을 끌어당기며 평소 같은 발랄함을 보였다.

"좋아, 가자."

날씨가 조금 쌀쌀했다. 내리쬐는 햇볕이 따스하게 느껴지다가도 찬바람이 뺨을 스치면 목에 소름이 돋았다. 꽃샘추위가 아직 가시지 않은 탓이었다. 게다가 요 며칠 내내 비가 내려 길거리는 매우 질척거렸다. 결코 오래 걸을 길이 아니었다. 화경과 정신은 누가 먼저랄 것 없이 같은 말을 내뱉었다.

"전차 타자."

학교 건너편, 무너져 버린 옛 궁궐의 서문(경복궁 영추문) 터가 전차 정거장이다. 거기서 남대문 행 노선을 타고 남대문에서 내린 뒤, 황금정(을지로) 행으로 갈아타고 한 정거장만 가면 미쓰코시 백화점이 나온다. 평소라면 갈아타지 않고 슬슬 걸어가도 되지만, 오늘은 그럴 여건이 되지 않는다.

화경과 정신이 전차에 올라탔다. 땅이 질척거리면 전차는 사람들로 가득 찬다. 화경은 정신을 따라 사람들 사이를 비집고 전차 안쪽으로 들어갔다. 겨우 자리를 잡자 정신이 화경에게 낮은 목소리로 의구심을 드러냈다.

"이 사람들 다 돈 내고 탔을까?"

정신이 그렇게 의심할 만한 이유는 충분하다. 운전수 혼자 그 많은 탑승객에게 일일이 돈을 받고 운전까지 하기에 벅차 보이기 때문이다. '내 나이는 네 가지야요. 학교에서는 여덟 살, 집에서는 일곱 살, 전차 탈 때는 네 살이야요.'라는 스무 해 전 우스갯소리가 아예 빈말은 아니었다. 전차 안에는 엄마 치마를 꼭 붙잡은 꼬마들이 더러 있었다. 머리가 굵은 녀석들이 군데군데 제법 띄었다. 화경은 창밖으로 조선총독부 건물을 바라보며 정신에게 대꾸했다.

"뭐, 그런 것까지 신경 써? 알아서들 냈겠지."

전차가 남대문에 다다랐다. 우르르 내리는 사람들 속에 화경과 정신도 있었다. 하늘에는 어느새 구름이 잔뜩 끼었다. 봄을 재촉하는 비가 곧 내릴 듯 보였다. 이윽고 갈아탈 황금정 행 전차가 다가왔다. 화경과 정신은 계단을 디디며 가볍게 올라탔다. 내지인이 주로 이용하는 노선의 전차라서 조선인은 별로 보이지 않았다. 화경은 왠지 모르게 편안함을 느꼈다. 그러다 금세 아쉬움이 밀려왔다. 첨단의 황금정 거리를 쭉 달려가며 구경하면 좋은데 어쨌든 미쓰코시에 가기로 했으니 다음 정거장에서 금방 내려야 한다. 아쉽기는 정신도 마찬가지였다.

화경과 정신이 전차에서 내리자 가랑비가 부슬부슬 내리기 시작했다. 화경과 정신은 종종걸음으로 걸어가 미쓰코시 백화점의 문을 열었다. 들어서자마자 따스한 기운이 확 들어왔다.

"역시 미쓰코시야. 이러니 데파트(백화점)에 올 수밖에."

거리의 우중충한 분위기는 온데간데없이 사라졌다. 오색 샹들리에 불빛으로 반짝이는 미쓰코시 1층 잡화부는 영롱하고 아름답기 그지없었다. 꺼림칙했던 화경의 마음은 설렘과 기대로 가득 찼다.

"시계부터 보자."

엘리베이터로 향하는 화경의 얼굴에 화색이 돌았다. 엘리베이터의 쇠창살이 열리면서 몇몇 사람이 쏟아져 나왔다. 대개 서양옷을 잘 차려입은 모던걸과 모던보이였다. 연애 중인 모던걸과 모던보이도 있어 보였다. 화경과 정신이 엘리베이터에 오르자, 백화점 직원 복장을 한 엘리베이터걸이 안내를 했다.

"올라갑니다. 다음은 2층입니다. 내리실 분은 말씀하십시오."

화경이 자기도 모르게 '풋' 소리를 내뱉었다. 옆에 있던 정신이 미간을 찌푸렸다. 엘리베이터를 탈 때마다 화경은 웃음을 짓는다. 엘리베이터걸의 목소리가 예사롭지 않아서다. 평소에 남의 목소리를 잘 흉내 내는 화경에게 엘리베이터걸은 단골 소재다. 그 간드러진 목소리를 모사하다 보면 웃음을 멈출 수 없는 지경까지 이른다. 정신은 금방이라도 터질 것 같은 화경의 폭소를 간신히 말렸다.

"4층입니다. 귀금속부, 가구부, 까페가 있습니다."

화경은 엘리베이터에서 내리면서 손으로 입을 막았다. 엘리베이터 문이 닫히고 내려가자 화경은 참았던 웃음을 그제야 터뜨렸다.

"올라갑니다. 4층입니다. 귀금속부가 있습니다."

엘리베이터걸의 조금 전 목소리가 그대로 재현되어 흘러나왔다. 그때까지 꾹 참던 정신도 웃지 않을 수 없었다. 화경과 정신은 자신들을 힐끔힐끔 쳐다보는 다른 손님들을 알아챈 뒤에야 웃음을 멈추었다. 두 여학생은 설레는 마음을 안고 시계와 보석을 파는 점포로 향했다.

"어서 오세요, 손님."

화경은 점원의 인사에 아랑곳하지 않고 진열장에 놓인 갖가지 손목시계에 눈을 맞추었다.

"어떤 물건을 찾으시는지요?"

점원의 설명 따위는 필요 없다. 화경은 무엇이 신상품인지 단박에 알아차렸다. 1부터 12까지 깔끔하게 박힌 숫자, 가느다랗지만 강렬해 보이는 시침과 분침과 초침, 숫자와 숫자 사이에 수줍은 듯 뻗은 다섯 개의 점선, 그리고 그 모든 것을 아우르는 둥근 금테, 금테와 연결되어 손목을 부드럽게 감싸 줄 검은빛 가죽. 시간은 금, 그 시간을 표시하는 시계 역시 금이다. 시계를 보석과 함께 파는 건 어쩌면 시계에 대한 예의가 아닐지도 모른다. 금과 은, 다이아몬드조차 시계를 빛내는 조연일 뿐이다.

"그건 내지에서 엊그제 들어온 신상품이에요."

점원의 말에 정신은 만족스럽다는 얼굴을 했다. 화경은 여전히 신상품에서 눈을 떼지 않았다. 정신이 화경의 손을 가볍게 톡

치더니 가격표를 가리켰다. 여교원(여교사)의 한 달 치 월급과 맞먹는 가격이었다. 신상품이라 당연히 비쌀 텐데 그렇게 비싸리라곤 생각하지 못했다. 화경은 내년 졸업식 선물로 아버지에게 손목시계를 받기로 했다. 그러나 그때 되면 또 신상품이 나올 테고 가격도 오를 것이다. 어쨌든 고대하던 손목시계가 조만간 생길 테니 신상품에 지나치게 집착할 필요는 없다. 아버지가 내지에서 직접 사 올 상품이니까 백화점 물건과는 비교할 수 없다.

화경과 정신이 시계점을 떠나려는 찰나에 여학생 서너 명이 시계점으로 다가오고 있었다. 정신이 먼저 그들을 알아차렸다.

"쟤네 우리 학교 학생들이네."

"1학년인 것 같은데."

정신이 화경의 팔을 얼른 붙잡으며 뒤돌아섰다. 그러더니 눈을 깜빡이며 화경에게 속삭였다.

"백화점 나들이는 1학년 때 끝내는 건데. 괜히 쟤네들한테 들켰다간 나쁜 소문 번질 것 같아. 내가 어느 잡지에서 본 글인데, 여학교 1학년생은 백화점에 진열된 내지 물건들에 현혹되고, 2학년생은 친구 집, 거리의 호떡집을 몰려다니고, 3학년생은 남학생과 연애편지 주고받고, 4학년생은 졸업 후 진로에 대해 고민하며 백화점 쇼핑하고 남학생 하숙집에 드나드는 게 다반사라 하더라. 그 글에 따르면 4학년생인 우린 남학생 하숙집에나 드나들어야 하는 거 아냐?"

화경이 어이없다는 듯 킥킥대며 웃었다.

"널 쫓아다니는 남학생은 있구?"

"너도 없긴 마찬가지잖아."

"없는 게 아니라 조선 사내들은 죄다 시시해서야. 내지에 가야 내 짝을 만나지 싶은데."

"계집애하고는."

화경과 정신은 호호거리며 엘리베이터로 향했다. 새로 나온 스커트를 보러 2층으로 내려가기 위해서였다. 엘리베이터 문이 열리자 화경의 눈이 엘리베이터걸의 눈과 마주쳤다. 순간 화경은 고개를 푹 숙였다. 엘리베이터걸의 간드러진 목소리가 다시 떠올랐기 때문이다. 화경이 정신의 손을 잡으며 낮게 읊조렸다.

"흑, 안 되겠어. 계단으로 내려가자."

정신은 엘리베이터를 탈 기회를 놓쳐 아쉬웠지만 어쩔 수 없이 화경을 따라가야 했다. 화경이 자칫 실수하면 화경과 엘리베이터걸 사이에 불미스러운 일이 생긴다. 기분 좋게 백화점 구경 와서 괜한 화근을 만들 까닭이 없었다.

미쓰코시 백화점의 계단은 괜찮은 볼거리다. 만질만질한 대리석 난간은 유럽의 어느 성에 온 것 같은 착각을 불러일으킨다. 화려한 드레스를 입고 사뿐사뿐 계단을 내려가면 그 밑에 왕자님이 기다리고 있을 법하다. 화경은 그 상상을 하고 있었다. 어쩌면 그 만남이 자신의 혼례식일지도 모른다고 생각했다. 많은 하객을 백화점으로 초대하여 치르는 혼례식, 상상만으로도 행복하지 않을까 싶었다.

2층 양품부에는 갖가지 서양 물건이 진열되어 있었다. 화경과 정신이 먼저 찾은 곳은 양장점이었다. 양장점의 마네킹은 가슴이 훤히 비치는 블라우스를 입고 있었다. 스커트는 1년 전보다 손마디 하나가 줄어 있었다. 치마 앞에 두른 에이프런은 스커트와 무척 잘 어울렸다. 화경은 미니스커트를 유심히 살펴보았다.

"너무 짧아 보이는데."

"유행이잖아. 졸업하면 나도 하나 장만할까 하는데."

"진짜?"

"저렇게 짧은 치마 입고 다니는 여학생도 많아. 우리 한 벌씩 구입하면 어때?"

화경은 고개를 흔들었다.

"알잖아, 우리 아버지 고리타분한 거. 저거 입으면 집에서 쫓겨날지도 몰라."

"그러시기야 하겠어. 너희 아버지도 양복 쫙 빼입고 외출하시잖아. 젬병 모자도 쓰시고."

"그거야, 총독부 관리들 만나실 때만 그렇지. 집에서는 늘 조선옷 입고 계셔. 정신이 네 아버지야말로 모던하시잖아. 늘 양복만 입으시니까."

"사업하시니 당연하지."

양장점 구경을 마친 화경과 정신은 서양에서 건너온 신상품들을 구경하느라 바빴다. 그러다 화경의 귀에 들어온 소리는 재즈 음악이었다. 화경과 정신은 라디오를 파는 점포로 발걸음을 옮겼다. 흘러나오는 재즈곡은 정신에게 익숙한 소리였다. 정신은 재즈 선율을 따라 웅얼거렸다. 화경은 그런 정신이 신기해 보였다. 노래가 끝나자 여자 아나운서의 목소리가 들려왔다. 유창한 일본어였다.

"오늘같이 비가 추적추적 내리는 날에 듣기 좋은 곡이었습니다. 잠시 전하는 말씀 듣고 다시 찾아오겠습니다. 여기는 경성방송국 쩨이 오 듸 케이입니다."

여자 아나운서가 퇴장하자 화장품 광고가 전파를 탔다. 화경은 여자 아나운서의 마지막 멘트인 '쩨이 오 듸 케이'가 무엇일까 궁금했다. 혹시 정신은 알고 있을까 싶었다.

"정신아, 쩨이 오 듸 케이가 뭐야?"

"글쎄?"

몇 초 정도 골똘히 생각한 정신은 "경성방송국의 영어 약자가 아닐까?" 하고 대답했다. 화경은 고개를 갸웃거렸다. 경성의 일본 말은 게이죠(Keizo)이니까 제이(J)로 시작되어서는 안 되지 않겠느냐는 거였다. 화경이 다시 정신에게 물었다.

"경성방송국의 약자라면 케이로 시작해야 하지 않을까?"

정신의 대답이 절묘했다.

"그러니까 케이가 맨 끝에 있잖아. 내가 영어는 잘 모르지만, 서양 이름은 이름 뒤에 성이 오잖아. 경성의 케이도 뒤에 있는 게 맞지 않겠어?"

"그런가? 아무튼 너 라디오 자주 듣나 보다. 재즈 음악도 다 알고."

"넌 자주 안 들어?"

화경은 여자고등보통학교 입학 선물로 라디오를 받았다. 그런데 화경은 음악보다 아나운서에 더 관심을 보였다. 음악에 귀 기울이지 않고 아나운서 멘트에 집중했다. 종종 여자 아나운서 멘트를 흉내 내기도 했다. 그래서 여자 아나운서가 될 생각을 갖게 되었다. 다만 한 가지 문제가 있다. 내지인처럼 일본어를 유창하게 하지 못한다는 점이다. 화경은 내지로 유학을 다녀오면 일본어 실력이 월등해질 거로 생각했다. 그래서 아버지에게 동경 유학에 대한 정보를 조금씩 흘리는 중이다.

정신이 화경에게 양산 파는 점포에 가자고 말하려는 순간, 뭔가가 화경의 옆구리를 찔렀다. 화경은 '앗' 하고 아픈 소리를 냈다. 그와 함께 '아얏' 소리가 화경 곁에서 들려왔다. 화경이 고개를 돌려 보니 어떤 여자아이가 넘어져 있었다. 바닥에는 감색 양복 천 두루마리가 저만치 풀러 가고 있었다. 풀리는 양복 천을 바라보던 정신이 탄식을 내질렀다. 그 소리에 넘어진 여자아이가 서둘러 일어나려 했다. 여자아이의 검은 치마엔 붉은 핏자국이 번져 갔다. 피를 본 화경은 여자아이에게 손을 뻗었다. 화경이 괜찮으냐고 물을 틈도 없이 여자아이는 양복 천을 잡기 위해 뛰어갔다.

"저기, 저기요."

양복 천을 잡은 여자아이는 정신없이 천을 말기 시작했다. 천이 다 말리자 여자아이를 지켜보던 사람들은 제 갈 길을 갔다. 화경은 얼음이 된 것처럼 우두커니 서서 여자아이의 행동을 바라봤다. 제법 곱게 땋은 여자아이의 뒷머리가 화경의 눈에 인상 깊게 다가왔다. 양복 천을 다 말아 쥔 여자아이는 자기 옆구리에 양복 천 두루마리를 끼우고 오른손으로 꽉 움켜잡았다. 여자아이는 화경을 향해 고개를 서너 번 숙였다. 분명히 미안하다는, 죄송하다는 몸짓이었다. 화경이 소리 내어 화답했다.

"아 네네."

답을 들은 여자아이는 뒤돌아서 냅다 달려갔다. 그 모습을 보던 정신이 한마디를 했다.

"쟤, 되게 촌스럽다. 우리 같은 여학생 아닌 것 같지? 안 그래?"

"어…."

"그나저나 어디 다치진 않았어?"

"난 괜찮아. 근데 쟤 어디서 본 것 같아."

"평범하잖아. 저런 여자아이 경성 바닥에 널렸지. 무명 저고리에 무명 치마니까."

"아니, 어릴 적 김포에서 같이 놀던 동무 같다니까. 목 뒤에 있는 보라색 점 너도 봤지?"

"아니 못 봤는데."

화경과 정신이 미쓰코시 백화점을 나오자 빗방울이 굵어져 있었다. 백화점 앞 전차 철제 탑 앞에는 사람들이 모여 있었다. 진흙에 빠진 달구지와 황소를 꺼내려는 참이었다. 사람들은 끙끙거리며 달구지에서 황소를 분리해 냈다. 전차를 기다리던 화경은 거친 숨을 몰아쉬는 황소를 바라봤다. 그 순간 김포에서 살던 때가 떠올랐다.

'맞아, 애선이. 간밤에 꿈에 나타난 동무.'

화경의 머릿속에 궁금증이 돋아나기 시작했다.

2
쩨이 오 듸 케이, 여기는 경성방송국

5월이 지나면서 진명여학교의 졸업반에는 긴장감이 흘렀다. 중간고사가 기다리고 있기 때문이었다. 화경은 중간고사를 치르느라 녹초가 되어 버렸다. 한 달 전 미쓰코시 백화점에서 만난 애선은 기억에서 스멀스멀 지워져 갔다. 꿈에도 다시 등장하지 않았다. 장마가 시작되기 전에 여름옷을 사기 위해 미쓰코시에 갔을 때 잠깐 애선을 떠올렸지만, 정신이 신상품에 대해 수다를 떨어대는 통에 금세 잊고 말았다.

여름방학을 얼마 앞둔 6월 말경, 담임교사 김선숙은 종례 시간에 뜻밖의 소식을 전했다. 그 소식이 화경의 눈을 번쩍 뜨게 했다.

"경성방송국에서 공문을 보냈는데 그걸 알려 줄게요. 방송국에서 2대 여성 아나운서들을 모집한다고 해요."

화경은 속으로 쾌재를 불렀다. 방송국 아나운서가 될 기회가 드디어 찾아온 것이다. 짝 정신이 화경의 손을 툭 쳤다. '지원할 거지?' 하는 물음이었다. 화경은 만면에 함박웃음을 띠며 입꼬리를 스윽 올렸다.

김 선생은 화경의 웃음 띤 얼굴을 흘끗 바라보며 말을 이었다. "명년(내년) 4월 경성방송국에 제2방송이 생긴다고 합니다. 제2방송은 조선어로만 방송하는 거랍니다. 그래서 아나운서가 더 필요하다고 해요. 우리 진명여고보의 인재들이 많이 지원해서 학교를 빛내 주면 좋겠어요. 추천서가 필요하면 기꺼이 써 주겠어요."

종례를 마친 김 선생이 출석부를 손에 쥐고 교실을 나가려고 했다. 화경은 얼른 자리에서 일어나 김 선생의 뒤를 따라갔다. 교실 문을 열던 김 선생이 낌새를 차리고 고개를 돌렸다. 화경은 멋쩍은 듯 손을 조아렸다.

"선생님, 추천서 좀…."

화경의 말이 끝나기도 전에 김 선생은 엷은 미소를 띠었다.

"그럴 줄 알았어. 당연히 써 줘야지. 가방 다 챙긴 뒤에 교무실로 오렴."

화경은 자기도 모르게 홀짝 뛰었다. 당장이라도 아나운서 시험에 합격한 것처럼 기분이 들떠 올랐다.

교무실에서 추천서를 써 주던 김 선생은 화경에게 아나운서 시험 과목을 알려 주었다. 시험 과목은 낭독, 작문, 마이크테스트, 면접이다. 김 선생은 작문이라고 말하면서 찜찜함을 느꼈다.

"화경이는 작문이 좀 약하지 않니?"

화경이 우물쭈물하며 대답하기를 주저했다. 그러자 김 선생이 화경의 팔을 부드럽게 쓰다듬으며 격려했다.

"괜찮아. 화경이 목소리는 꾀꼬리 같잖아. 아나운서는 목소리가 우선이니까 시험 보기 전까지 낭독 연습을 꾸준히 하면 되겠다. 물론 작문 연습도 틈틈이 해야겠지."

작문 시험 때문에 화경의 표정이 살짝 어두워졌다.

"작문 시험에 어떤 문제가 나올까요?"

"글쎄, 뭐가 나올지는 나도 모르지. 중요한 건 자기 이야기를 솔직하고 담백하게 표현하는 게 아닐까? 연습하면 돼."

"네, 선생님."

교무실에 들어갈 때와 달리 화경의 어깨가 처졌다. 그렇다고 의기소침한 건 아니었다. 김 선생은 추천서를 마무리하면서 시험일이 2주 남았다고 일러 주었다. 시험을 준비하기엔 충분한 시간이라는 말도 덧붙였다. 하지만 화경은 걱정하지 않을 수 없었다.

장마가 시작되면서 공기가 습해졌다. 학교에서 돌아온 화경은 방 안에 틀어박혀 낭독 연습을 했다.

"쩨이 오 듸 케이, 여기는 경성방송국이올시다. 지금 울리는 종소리는 열두 시 정각을 가리키는 종소리올시다. 이상 윤화경 아나운서올시다."

멘트를 마치자마자 화경의 입에서 '큭큭' 소리가 나왔다. '윤화경 아나운서'란 말이 쑥스럽게 느껴졌다. 화경은 웃음기를 빼고 목소리를 다시 가다듬었다. 시험 볼 때 행여나 실없이 웃는다면 당연히 낙방이다. 화경은 노트를 펼쳤다. 지난번 라디오 소설을 들으며 받아쓴 글씨가 빼곡했다.

"한없이 맑게 갠 쪽빛 오월의 하늘, 종로 네거리에서 스무 살 처녀인 자기의 열정을 말하는 것 같은 빨간 장미 한 다발을 사들고 사랑하는 형근을 찾아가는 성희의 마음은 풍선같이 부풀어 올라 취하는 듯 기쁨에 뛰었습니다. '기다리겠습니다. 오셔요, 네!' 이렇게 언약한 형근의 방이 텅 비어 있는 것을 보았을 때에 성희의 쓰라림. 장미꽃 송이도 무색한 듯 고개를 숙였습니다. 그러나 형근이 이튿날 인천을 함께 가자고 써 놓은 편지를 보고서는 저윽이 풀려서 돌아왔습니다. 약속한 이튿날은 공일(휴일)입니다. 그러나 이날도 형근은 언약을 지키지 않았습니다. 절망, 분노! 성희는 거친 걸음으로 혼자서 인천을 갔던 것입니다. 꿈속에서 헤매는 것 같이 얼마를 돌다가 심술궂은 비까지 맞고 돌아온 성희가 다시 형근의 집을 찾았을 때는 무엇을 보았을까? … 이것은 도회(도시) 젊은이들의 사랑 유희를 그린 한 편입니다."

더듬거리지 않고 적당한 속도로 단박에 읽어 내린 멘트였다. 화경의 얼굴에 화색이 돌았다. 매우 만족스러워하는 표정이었다. 라디오 소설의 문장을 다 읽고 나자 약속을 지키지 않는 사내 형근에 대한 원망이 솟아났다.

'여자 혼자 그 바닷바람 부는 인천에 가게 두다니, 형근은 정말 못된 사내네. 게다가 성희는 비까지 맞고 돌아왔으니 얼마나 분통이 터졌을까!'

원망의 끝에서 자신의 미래 신랑감에 대한 기대가 움터 올랐다. 소설 속 형근 같은 나쁜 남자가 아니라 다정다감하면서도 세련된 인텔리(지식인) 모던보이가 화경의 이상형이다. 기대에 젖어 들자 화경의 뽀얀 얼굴에 홍조가 돌았다. 화경은 탁상 위에 놓인 거울을 바라보며 머리카락을 매만졌다. 단정한 용모에서 단정한 목소리가 나오는 법이라고 늘 강조하던 담임교사가 떠올랐다.

두 주가 훌쩍 지나가 버렸다. 7월 10일, 경성방송국 조선인 여성 아나운서 공개 채용 시험날이 다가왔다. 다행스럽게도 장마는 잠깐 물러나 있었다. 뜨거운 뙤약볕이 식전 댓바람부터 메마른 땅에 내리꽂혔다. 화경은 정신과 함께 시험장에 가기로 했다. 담임교사도 흔쾌히 허락한 일이었다.

정신은 일찌감치 화경의 집에 도착했다. 화경이 막 교복을 차려입고 거울을 보며 옷매무새를 고칠 때였다. 정신이 교복을 보며 말을 건넸다.

"교복 입었네. 하긴 단정한 여학생 모습이 보기 좋지."

화경은 손목에 시계를 대며 정신에게 물었다.

"손목시계 하는 게 좋을까, 안 하는 게 좋을까?"

팔짱을 낀 정신이 입술을 일자로 모으며 '음' 소리를 냈다.

"내 생각엔 안 하는 게 좋겠어. 여학생다운 수수한 면이 사라지는 것 같아서."

"그래, 안 하는 게 좋겠지."

"그나저나 시험 준비를 잘했고?"

"낭독하고 마이크테스트는 그럭저럭하겠는데, 문제는 작문이야. 무슨 문제가 나올지 모르는 데다가 내가 작문에 좀 약하잖아."

이번에도 정신의 입술이 일자가 되었다. 그러나 이내 웃음을 띠며 화경의 등에 오른손을 살며시 대었다.

"걱정일랑 붙들어 매고 어서 가자. 이러다 늦겠다."

화경과 정신이 사는 평동에서 방송국이 자리 잡은 정동까지는 힘 안 들이고 걸을 거리다. 복병이 있다면 아침부터 내리쬐는 햇볕이지만, 두근두근 떨리는 긴장감 때문에 더위 따위는 큰 걸림돌이 되지 않았다.

6년 전 설립된 경성방송국은 언덕 위에 있다. 최신식 2층 건물 방송국보다 화경의 눈길을 사로잡은 건 건물 뒤편에 솟은 높은 첨탑이었다. 화경은 공중으로 전파를 쏘아 올리는 두 개의 송신탑을 멀리서 보긴 했다. 막상 가까이에서 보니 화경은 송신탑에 압도되어 버렸다. 말하기 좋아하는 정신은 엄지손가락을 들어 올리며 송신탑을 찬양했다.

"우와, 저 높은 걸 어떻게 쌓아 올렸지. 내지인들의 기술 능력은 진짜 탁월하다니까. 구라파(유럽)와 아메리카(미국) 못지않게 대단해. 스바라시이!"

정신의 굵직한 발음에 화경의 웃음보가 터졌다. 긴장이 풀어진 화경은 떨지 않고 입사 시험을 치를 수 있다고 생각했다. 내심 정신이 고마웠다.

경성방송국의 현관문은 활짝 열려 있었다. 방송국을 지키는 수위가 어린 여학생들에게 척척 경례를 붙였다. 화경과 정신은 얼떨결에 고개를 숙였다. 고개를 든 화경은 팔각형 모양의 홀에 마음을 빼앗겼다. 타일이 붙은 홀의 벽면은 굉장히 호사스러운 분위기를 자아내고 있었다. 미쓰코시 백화점 옥상의 카페보다 더 운치 있었다. 게다가 홀에 놓인 가구는 소가죽으로 만든 안락의자(소파)였다. 방송객(출연자)들이 귀한 대접을 받는 자리이다 보니 평범한 의자일 수 없었다.

현관에 모인 응시생들이 직원의 안내에 따라 귀빈실로 향했다. 이때 화경은 정신과 떨어졌다. 정신은 홀에 남아 기다리든지 집으로 돌아가야 했다. 낭독, 작문, 마이크테스트에 면접까지 치르려면 두세 시간은 족히 걸린다. 면접이 늘어지면 정오를 넘길

수도 있다. 정신은 아쉽지만 평동 자기 집으로 발길을 돌렸다. 이제 화경 혼자 인생의 전환기가 될 지점에 맞닥뜨릴 때다.

응시자 수는 스무 명 남짓이었다. 화경처럼 교복을 입고 온 여학생이 있고, 단정한 원피스를 차려입은 숙녀도 있었다. 그들은 무명 저고리에 무명 치마를 두른 여염집 딸들이 아니었다. 땅과 재산과 사업체를 웬만큼 가진 '꽤 있는 집'의 여식들이었다.

귀빈실에서 치를 첫 시험은 작문이었다. 시험 감독관은 경성방송국 제2방송과장 공명식, 그는 몇 달 뒤면 송출될 제2방송의 책임자다. 공 과장은 시험 문제가 적힌 흰색 두루마리를 응시자들 앞에 펼쳐 내걸었다.

내 인생의 친구

예상보다 쉬운 문제라서 화경은 다행이라고 생각했다. 혹시나 급변하는 세계정세나 조선총독부의 대조선 정책, 대중국 정책을 묻는 문제가 나올까 싶어 노심초사했는데 그것이 아니라서 가슴을 쓸어내릴 수 있었다. 화경은 경성에 올라와 사귄 친구 정신을 떠올리며 빈 종이를 채워 나갔다.

시험이 끝났음을 알리는 종소리가 났다. 작문 시험이 끝났다. 응시생들은 다시 직원의 안내를 받아 스튜디오로 이동했다. 한 명씩 스튜디오로 들어가 낭독과 마이크테스트를 받고 나오는 식이었다. 나머지 응시생들은 스튜디오 밖에서 대기했다. 화경의 순서는 끝에서 세 번째였다. 화경은 마음 편히 앉아서 자기 순서를 기다리기로 했다.

응시생 가운데 절반쯤이 시험을 마쳤을 때, 화경 앞으로 한 남자가 지나갔다. 양복을 말쑥하게 차려입은 남자에게서 진한 향수 냄새가 풍겨 왔다. 화경은 남자 얼굴을 힐끔 쳐다봤다. 순식간에 화경의 얼굴이 화끈거렸다. 남자는 화경이 생각하는 완벽한 '모던보이'였다. 명치정 혼마치(명동 충무로)나 황금정 거리(을지로)에서 보던 모던뽀이와 차원이 달랐다. 모던뽀이의 흔한 모습, 이를테면 술에 취해 비틀댄다든지 짧은 치마 입은 여자에게 이상야릇한 눈빛을 보낸다든지 애인과 팔짱을 끼고 가면서도 다른 여자를 훔쳐보는 얼뜨기가 아니었다. 우아한 기품이 넘쳐흐르는 그야말로 젠틀맨이었다. 그 짧은 순간에 화경은 넋을 잃고 말았다. 한 줄기 상상이 화경의 머리를 스쳤다.

'아나운서가 되어 저 신사분과 함께 일할 수 있다면….'

화경은 자기도 모르게 머리를 저었다. 쓸데없는 상상으로 시험을 망칠 수 없다고 생각해서였다. 그렇지만 희망의 끝자락 정도는 남겨놓아도 괜찮겠다 싶었다.

"17번 윤화경 양 들어오세요."

드디어 화경의 차례가 되었다. 스튜디오 문을 열고 들어선 화경은 자기 앞에 놓인 마이크를 보자 숨이 턱 막히는 것을 느꼈다.

가위에 눌린 듯 아무 소리도 내지 못할 것 같았다. 공 과장이 긴 장한 채 서 있는 화경에게 시험 요령을 설명했다.

"윤화경 양, 앞에 쓰여 있는 글을 읽는 게 시험입니다. 마이크에 입을 가까이 대고 낭독하면 됩니다. 시작하세요."

종이를 손에 든 화경은 숨을 한껏 들이마셨다. 작은 글씨들이 화경의 눈앞에 어른거렸다. 화경은 눈을 꼭 감았다 떴다. 어른거리던 글씨들이 또렷해졌다. 화경이 낭독할 글은 서양 음악을 소개하는 문장이었다. 화경은 '윤화경, 잘해 보자.' 하고 속으로 다짐했다.

"와그너는 독일이 낳은 유명한 가극 작가입니다. 그는 1813년 라이푸니치히에서 나서 1893년 세상을 떠나기까지 마흔 편의 가극을 남겨놓았고 뿐만 아니라 가극의 새로운 형식을 지은 것입니다."

여기까지 읽다가 목이 메 왔다. 기침이 나올 뻔한 상황에서 화경은 살짝 침을 삼켜 위기를 모면했다. 화경의 낭독이 계속되었다.

"탕호이자는 그중에서도 유명한 것으로 탕호이자라는 사나이에 관한 전설을 가지고 지은 것입니다. 이번에 연주되는 서곡은 그중에서 제일 고운 곡조입니다. 이제 와그너가 작곡한 가극 탕호이자의 서곡을 듣겠습니다."

웅웅대는 마이크 소리가 천천히 잦아들었다. 공 과장은 그만

하라는 뜻으로 화경을 향해 손을 내렸다. 화경의 몸은 얼어붙은 듯 꼿꼿해졌다.

"잘했어요. 뒷부분도 하면 좋겠지만, 시간이 너무 많이 지났어요. 그럼 여기까지만 듣도록 하죠. 다음 응시생 들여보내세요."

화경은 공 과장이 자신에게 뭔가를 질문하려고 낭독을 끊은 게 아닌가 짐작했다. 그건 화경만의 착각이었다. 화경은 풀이 죽은 채 스튜디오에서 나왔다. 작은 나무 의자에 풀썩 앉았다. 화경의 머릿속은 빈 항아리처럼 공허했다.

'뭘 잘못해서 중간에 잘랐을까? 너무 여성스럽게 말하려고 애써서 그런가?'

낭독과 마이크테스트 점수가 좋지 않을 거란 생각은 시간이 지날수록 확고해졌다. 그러나 낙심할 틈도 없이 화경은 다음 시험을 위해 장소를 옮겨야 했다. 아나운서 채용 시험의 마지막 관문인 면접. 면접은 낭독과 달리 응시자 네 명이 면접관들의 질문에 답하는 식이었다. 화경이 속한 조는 3조였다. 화경처럼 진명여고보 교복을 입은 여학생, 경성여고보 교복을 입은 여학생, 숙명여고보 교복을 입은 여학생, 그리고 마지막으로 화경이 이사장실로 들어갔다.

면접관은 이사장과 임원 둘로 모두 세 명이었다. 한 임원이 응시자들에게 첫 번째 질문을 던졌다.

"여성 아나운서로서 가져야 할 가장 큰 덕목은 무엇입니까?"

맨 왼쪽 경성의 여학생은 '정숙'이라고 답했다. 그 옆 숙명의 여학생은 '단정'이라고 말했다. 숙명 여학생 옆 화경과 같은 진명의 여학생은 '명석'이라고 대답했다. 맨 오른쪽에 서 있던 화경은 뜻밖의 대답을 내놨다.

"저는 '신선'이라고 생각합니다. 여성 아나운서가 날마다 새롭고 깨끗하고 싱싱한 목소리를 들려준다면 청취자들은 즐겁고 기쁠 테니까요. 청취자들이 제 목소리로 활력을 얻어서 우리 대일본제국의 번영에 이바지할 수 있을 겁니다."

일본인 이사장은 안경을 추켜올리며 화경을 바라봤다. 화경은 뜨끔했다. 뭔가 문제가 될 말을 한 건 아닐까 싶었다. 안경을 벗은 이사장은 추천서를 자세히 훑어본 뒤 화경에게 물었다.

"윤화경 양은 우리 대일본제국이 아세아의 공동 번영을 위해 무엇을 해야 한다고 생각하나?"

화경은 역사 수업을 떠올렸다. 역사 선생이 그토록 강조하는 '아세아 공영'이란 말이 머리를 스치고 지나갔다.

"제국의 영광이 곧 반도의 영광이자 아세아의 영광입니다. 대륙으로 힘차게 뻗어 나가는 제국의 발걸음에 반도가 반드시 힘을 보태야 한다고 생각합니다."

"음, 좋아. 그럼 반도의 여성 아나운서가 된다면 어떻게 제국의 영광을 위해 헌신하겠나?"

"앞으로 있을 제국의 영광스러운 소식을 반도인들에게 빠르고 정확하게 전하겠습니다."

"소오, 마사니 소레다!"(그래, 바로 그거야)

화경의 심장이 콩닥거렸다. 자기가 생각해도 꽤 흡족한 대답이었다. 이사장은 두 손가락으로 카이저수염을 부드럽게 말아 올리며 만족스러움을 내비쳤다. 화경은 확신했다. '이사장님이 만족해하시면 합격은 떼놓은 당상이지.'

몇 가지 질문과 대답이 오간 뒤 면접이 끝났다. 이사장실을 나서는 화경의 얼굴에 미소가 번졌다. 시험을 마치고 집으로 돌아가는 발걸음은 무척 가벼웠다. 화경은 자기 집이 아니라 정신의 집으로 방향을 바꿨다. 정신을 만나자마자 시험장에 같이 와 줘서 고맙다고 인사했다. 정신은 예감이 좋으니까 꼭 합격할 거라며 화경을 응원했다. 화경은 정신과 점심을 먹고 나서도 몇 시간 동안 수다를 떨었다.

화경이 자기 집에 돌아간 때는 해 질 녘이었다. 집에 들어서자 화경을 단단히 붙잡았던 긴장감이 한꺼번에 풀어졌다. 화경은 저녁까지 거르며 단잠에 빠져들었다.

3
뜻밖의 만남과 연락

　화경이 경성방송국 아나운서 시험을 본 지 일주일이 지났다.
결과를 기다리는 일주일 동안 화경은 아무 일 없는 듯 태연하게
지냈다. 하지만 속마음은 그렇지 않았다. 방과 후 집으로 돌아온
화경은 양장으로 갈아입은 뒤 거울 앞에 서서 아나운서 말투를
흉내 냈다. 곱게 땋은 머리를 풀어헤치고 다시 손으로 접어 단발
모양으로 만들었다. 경성방송국의 1대 여성 아나운서였던 이옥
경의 머리 모양을 따라 한 거였다.

　화경은 잡지에서 이옥경의 인기에 관한 기사를 본 적이 있었
다. 이옥경의 양장 차림과 단발은 뭇사람들의 눈길을 사로잡았
다. 극성스러운 사람들이 방송국에 몰려와 아우성치는 바람에
스튜디오의 유리창이 깨져 급기야 방송이 중단되기도 했다.

'아나운서가 되면 곱게 기른 머리를 단발해야 하나?'

화경은 합격 통보를 받은 사람처럼 진지하게 고민했다. 자기도 모르게 배시시 웃음이 새어 나오고 흥얼흥얼 콧노래가 흘러나왔다. 왠지 모를 좋은 예감이 화경을 감싸고 있었다. 그러나 일주일이 다 지나도록 화경에게는 편지도 전보도 오지 않았다. 화경은 절친 정신에게만은 여유와 느긋함을 보여 주려고 했다. 정신에게 '시간이 좀 걸리는 일'이라며 에둘러댔지만, 그럴수록 화경의 속은 타들어 갔다.

시험 본 지 여드레째 되는 날, 학교에서 돌아온 화경은 식모부터 찾았다.

"나한테 편지나 전보 온 거 없어요?"

부엌일을 하던 늙은 식모는 손에 묻은 물기를 앞치마에 닦으며 대답했다.

"없는 거 같은데요…."

마음이 조급해진 화경은 집사인 박 서방에게 달려갔다. 박 서방에게서 들은 대답 역시 '없다'였다. 어깨가 축 처진 화경은 자기 방으로 들어와 책상에 앉았다.

'분명히 일주일 뒤에 통보해 준다고 했는데…. 안 되겠다, 방송국에 가서 직접 물어봐야지.'

화경은 교복을 입은 채 방송국으로 향했다. 방송국 현관을 지나자 수위가 화경을 붙잡았다.

"무슨 일로 왔수?"

"아나운서 시험을 봤는데요, 합격 통보를 못 받았어요."

"저기 보슈."

수위가 가리킨 방향으로 화경의 시선이 옮아갔다. 방송국 현관 대리석 벽에 흰 종이 하나가 붙어 있었다. 합격자 명단이 쓰인 벽보였다. 화경은 벽보 쪽으로 천천히 발걸음을 옮겼다. 잠잠하던 심장이 갑자기 채근 대기 시작했다. 입술을 꾹 다문 화경은 기도하듯 두 손을 모은 채 앞으로 나아갔다. 벽보의 글씨가 눈에 들어오자 걸음이 딱 멈춰졌다. 화경은 맨 윗줄에 쓰인 글씨부터 차례대로 읽어 내려갔다.

J. O. D. K. 경성방송국 신임 아나운서 합격자 명단

男 최현국 · 성기정

女 이숙현 · 명인서

이상 남녀 각 2인. 끝.

끝이었다. 처음으로 돌아가 다시 읽을 필요가 없었다. 윤화경 이름 석 자는 어디에도 없었다. 그런데도 화경은 그 자리에서 떠나지 못했다.

'왜 떨어진 거지? 작문 시험을 못 봐서? 아닌데, 작문 시험은 그럭저럭 봤는데. 그렇다면 낭독을 못 해서일까? 맞아, 그날 면

접관이 낭독을 끊었잖아. 아!'

깊은 탄식과 함께 화경의 어깨가 한 뼘이나 내려갔다. 화경은 발걸음을 돌려야 했다. 그때 누군가가 화경을 불렀다.

"저기, 아가씨."

화경은 소리가 난 쪽으로 고개를 돌렸다. 어디서 본 듯한 남자가 화경에게 다가오고 있었다. 듬성듬성 난 콧수염을 기른 남자의 손에는 카키색 담배 파이프가 들려 있었다.

"혹시 명인서 양?"

화경이 눈을 깜빡거리며 어정쩡하게 "네?" 하고 반문했다. 이어서 고개를 저으며 "아닌데요."라고 대답했다. 화경의 대답을 들은 남자는 멋쩍어하며 담배 파이프를 매만졌다.

"아이고, 이거 실례했습니다."

남자는 서둘러 화경 옆을 지나갔다. 그러더니 로비에 막 들어온 선남선녀들에게 아는 체를 했다.

"저분들이구만. 이번에 뽑힌 신임 아나운서들이."

화경도 어색한 표정을 지으며 로비에 들어서는 사람들을 발견했다. 화경을 명인서로 착각한 남자는 신임 아나운서들 앞에서 자신을 소개했다.

"나, 제2방송과장 공명식이요. 우리 구면이죠. 면접 때 봤잖아요."

잔뜩 굳어 있던 신임 아나운서들이 그제야 웃음을 띠었다. 공 과장은 신임 아나운서들의 이름을 하나하나 부르며 확인했다. 확인이 끝나자 그들을 어디론가 데리고 갔다. 화경이 합격 여부를 알기 위해 방송국에 간 그날은 합격한 신임 아나운서들의 소집일이었다.

화경은 그 모든 장면을 멍하니 지켜봤다. 그들이 모두 사라지자 화려한 분위기의 방송국 로비가 단숨에 초라해졌다. 로비에는 화경과 수위만 남았다. 수위는 새끼손가락으로 콧구멍을 후비며 화경을 바라봤다. 볼일 다 끝났으면 가야 하지 않겠느냐는 무언의 압박이었다. 눈치 빠른 화경이 잰걸음으로 방송국 로비를 빠져나왔다. 정문 앞에서 잠깐 멈춘 화경은 고개를 들어 방송국 건물을 올려다봤다. 앙다문 입술에서 차돌같이 결기가 느껴졌다.

집으로 돌아가는 화경의 발걸음이 무겁지만은 않았다. 아직 학교를 졸업한 건 아니니까 졸업 후에 뭘 할지 생각할 시간은 충분히 남아 있었다. 화경은 아나운서가 될 기회가 또 올 거로 생각했다. 한 걸음 디딜 때마다 종잇장처럼 구겨졌던 마음이 조금씩 펴졌다. 집 근처 골목에 다다른 화경은 가볍게 주먹을 쥐었다.

'괜찮아. 최선을 다했잖아.'

어머니에게도 당당하게 불합격이라고 말할 수 있을 것 같았다. 어차피 아버지는 아나운서 시험을 본지 모르니 아버지에게 말씀드릴 필요는 없다. 화경은 점점 가까워지는 대문을 바라보며 발걸음을 재촉했다.

대문과의 거리가 서른 걸음 남짓 되었을 때, 갑자기 한 남자가 대문 앞에 나타났다. 남자는 지팡이를 짚은 채 절뚝거리며 대문 앞을 왔다 갔다 했다. 낯선 남자의 출현은 화경의 호기심을 자극했다.

"누구세요?"

화경을 본 남자가 반색했다. 화경은 남자의 꾀죄죄한 얼굴을 보며 눈을 찡그렸다.

"혹시 화경 애기씨?"

화경은 눈을 크게 떴다. 절뚝발이 남자가 손바닥으로 가슴을 탁탁 쳤다.

"나, 나 몰라요. 김 서방이요. 애기씨 댁에서 마름질하던 김 서방."

"아아, 김 서방 아저씨."

화경은 자신의 고향인 김포가 생각났다. 4년 전까지만 해도 화경은 김포에서 살았다. 김포 넓은 들의 3할을 소유한 대지주 윤대수가 화경의 아버지이고, 김 서방은 아버지의 충성스러운 마름이었다. 그리고 김 서방의 맏딸은 애선이었다. 화경의 생각이 애선에게 이르자, 3년 전 보통학교 졸업식 장면이 저절로 떠올랐다. 바다 깊이 잠겨 있던 유리병이 갑자기 수면 위에 떠오른 것처럼.

화경과 친자매처럼 지낸 동갑내기 애선은 졸업식 날 학교에 오지 않았다. 애선의 무단결석을 두고 여기저기에서 수군거렸지만, 화경은 그 소문을 곧이곧대로 믿지 않았다. 애선의 아버지가 윤대수의 땅문서 일부를 빼돌려 몰래 야반도주했다는 소문이 결코 사실이 아니라고 생각했다. 하지만 애선네 식구가 졸업식 전날 밤 연기처럼 사라진 건 부인할 수 없는 사실이었다. 그런데 갑자기 나타난 애선의 아버지 김 서방이라니! 화경의 팔에 소름이 돋았다. 화경은 한걸음 뒤로 흠칫 물러났다.

김 서방이 지팡이를 내디디며 화경에게 다가왔다. 화경의 코끝에 시큼털털한 술 냄새가 전해졌다. 김 서방은 술 냄새 따위는 아랑곳하지 않은 채 나지막한 목소리를 내뱉었다. 음흉한 티가 작잖았다.

"주인 어르신, 안에 계신가요?"

"그, 글쎄요. 들어가 봐야."

김 서방은 말이 없었다. 고개를 주억거릴 뿐이었다. 화경은 재빨리 대문을 열고 집 안으로 들어갔다. 마침 화경의 어머니가 마당에 나와 있었다. 화경은 어머니에게 김포 살던 김 서방이 대문 밖에 와 있다고 전했다. 어머니는 화들짝 놀라며 집안일을 돌보는 박 서방을 불렀다. 아버지가 집안에 계시는지 화경이 묻기도 전에 어머니는 박 서방에게 귓속말을 했다. 곧이어 박 서방은 절굿공이만 한 몽둥이 하나를 들고 나타났다. 어머니는 박 서방을 앞세우고 대문을 향해 저벅저벅 걸어갔다. 치맛단을 움켜쥐지만 않았다면 늠름한 개선장군과 다를 바 없었다. 화경은 숨죽이며 어머니 뒤를 따라갔다.

박 서방이 대문을 활짝 열어젖히자 뒤돌아 있던 김 서방이 대문 쪽으로 고개를 돌렸다. 김 서방을 본 어머니가 대뜸 고함을 쳤다.

"네 이놈, 여기가 어디라고 찾아와!"

고함에 놀란 김 서방이 지팡이를 헛짚고 말았다. 결국 옆으로 기우뚱거리며 넘어질 뻔하다 가까스로 중심을 잡았다. 어머니의 눈짓을 전해 받은 박 서방이 손에 침을 묻히며 몽둥이를 다잡더니 다짜고짜 김 서방을 향해 나아갔다. 위험을 느낀 김 서방은 뒤도 돌아보지 않고 달음질치기 시작했다. 절뚝거리며 달리는 모습이 화경의 눈에 안쓰러워 보였다. 김 서방이 골목 저편으로 사라져 보이지 않자 박 서방은 더 쫓지 않았다. 어머니가 혀를 끌끌 차며 김 서방을 향해 손가락질을 해 댔다.

"저, 저, 저 배은망덕한 놈. 그리 입혀 주고 먹여 주고 살게 해 줬더니 은혜를 원수로 갚아! 개도 주인 은덕은 알아. 개만도 못한 놈 같으니라고. 박 서방, 저놈 다시는 못 오게 소금 왕창 뿌리게."

어머니와 박 서방은 집 안으로 들어갔지만, 화경은 쉽게 발걸음이 떨어지지 않았다. 어머니의 불같은 성정이야 늘 보아 온 거지만, 김 서방이 저렇게 넝마주이같이 변한 건 도통 본 적이 없었다. 내심 무슨 기막힌 사연이 있을까 싶었다.

'애선이를 만나면 알 수 있을 텐데. 그나저나 지난봄에 미쓰코시에서 얼핏 보고 한 번도 다시 못 봤단 말이야. 다시 만날 날이 있을까? 애선이는 내가 안 보고 싶나?'

화경은 시골 아이답지 않게 유난히 얼굴이 하얗던 애선의 얼굴을 그려 보았다. 기억이 가물가물해서 또렷하게 그릴 수는 없었다. 보지 않으면 마음도 멀어진다는 말이 들어맞는 순간이었다.

가을과 겨울이 지나면서 해가 바뀌었다. 겨울방학이 끝나자 진명여학교 4학년 졸업반 학생들은 졸업식을 준비했다. 졸업식을 사흘 앞둔 날, 다가오는 봄을 시샘하는 꽃샘추위가 기승을 부렸다. 학교를 파한 화경과 정신은 곱은 손을 호호 불며 화경의 집으로 향했다. 정신은 화경의 집에서 점심을 얻어먹고 따뜻한 아랫목에서 몸을 녹이며 수다를 떨 생각에 화경과 동행하고 있었다. 찬바람에 목도리를 여미던 화경이 정신에게 말을 건넸다.

"신문 봤어? 내달 말경에 경성방송국에서 드디어 이중방송 개막한다더라."

"이중방송?"

"일본어 방송과 조선어 방송을 따로따로 한다는 거."

정신이 눈을 동그랗게 뜨며 화경을 바라봤다.

"너 아나운서 다 잊은 거 아니었어?"

"그냥 뭐, 신문에서 봤다는 말이야."

"이거, 이거. 아직도 미련이 있구먼. 미쓰코시에서 데파트걸(백화점 여자 종업원) 하면서 멋진 남자에게 연애 걸기로 나랑 약조했잖아. 벌써 잊었어?"

"몰라. 춥다 어서 가자."

정신은 달리는 듯 빠르게 걸어가는 화경의 뒷모습을 보며 의구심을 품었다. 화경이 웬지 변덕을 부려 자신과 한 약속을 지킬 것 같지 않아서였다.

화경의 집에 도착해서 화경의 방에 먼저 들어간 사람은 정신이었다. 외투를 벗던 정신은 화경의 책상 위에 놓인 전보 한 통을 발견했다. 전보를 손에 든 정신이 발신자의 이름을 읽었다.

"경성방송국 제2방송과장 공."

공명식의 이름 석 자가 다 불리기도 전에 화경이 정신의 손에 든 전보를 잡아챘다. 화경은 전보에 쓰인 몇 안 되는 글자를 뚫어지라 바라봤다. 궁금증이 잔뜩 발동한 정신이 화경의 팔을 툭툭 치며 무슨 내용이냐고 보챘다. 화경은 말똥말똥해진 눈빛으로 정신에게 대답했다.

"다음 달에 경성방송국으로 오라는데."

"왜?"

화경은 대답 대신 고개를 저었다. 정신은 화경 곁으로 바짝 다가가 전보에 쓰인 글자를 읽었다. 그러더니 전보 종이를 뒤집으면서 또 다른 글자가 없는지 살펴봤다.

"4월 6일 상오 9시 경성방송국 방문 요망. 이 문구만 쓰여 있고 왜 오라는지 안 쓰여 있네."

"왜 오라는 걸까?"

화경의 말에 정신은 코웃음을 쳤다.

"이보세요, 윤화경 양. 그걸 내가 어찌 알겠어요."

"하긴 네가 알 리는 없지."

"그나저나 까닭도 모르는데 방송국에 갈 거야?"

"음….'

화경의 '음' 소리는 꽤나 길었다. 정신은 금방 답을 듣지 못할 거로 생각하여 아랫목으로 두 손을 뻗었다. 뜨끈한 기운이 금세 온몸에 퍼졌다. 정신은 어서 자기 곁으로 오라며 화경에게 손짓했다. 전보를 손에 든 화경이 정신 곁에 자리 잡았다. 정신은 뭔가 생각이 났다는 듯 손뼉을 쳤다.

"내 생각에 말이야, 방송과장이 널 오라고 한 건 너한테 연애를 걸려고…."

"야, 박정신. 제정신이야?"

"아 아니, 뭐 그럴 수도 있지 않나. 안 그래?"

뾰루퉁해진 화경이 정신을 노려봤다. 정신은 멋쩍은 듯 머리를 긁적였다. 정신은 서먹해진 분위기를 풀려고 화경의 팔에 자기 손을 끼었다.

"농 한 번 친 거야. 아무튼 미안해."

화경의 눈빛이 조금 누그러졌다. 정신에게는 다행이었다. 그
뒤 화경과 정신은 경성방송국에 관한 이야기를 나누지 않았다.
그러나 화경의 머릿속에는 아나운서란 말이 떠나지 않았다. 잔
향처럼 화경의 주위를 맴돌았다. 공 과장이 방송국에 오라는 날
짜가 다가올수록 잔향은 장중한 교향곡으로 바뀌어 갔다. 화경
은 마침내 방송국에 가기로 마음먹었다.

4월 6일 이른 아침, 화경은 졸업식 선물로 받은 원피스를 차
려입고 집을 나섰다. 어머니에게는 정신과 함께 창경원(창경궁)
구경을 한다고 둘러댔다. 공 과장이 무슨 일로 자기를 부르는지
모르는 상태에서 방송국에 간다고 하기가 꺼림칙해서였다. 갔
다 오고 나면 모든 게 확실해질 테니 그때 말씀드리는 편이 낫
겠다 싶었다.

거리엔 봄기운이 완연했다. 정동 길 양편에 늘어선 벚나무에
는 꽃망울이 몽글몽글 맺히고 있었다. 곧 있으면 창경원 벚꽃놀
이가 시작될 터였다. 화경은 새로 산 핸드백에 손을 살포시 올린
채 방송국 로비에 들어섰다. 작년에 만났던 수위가 여전히 자리
를 지키고 있었다. 화경은 당당하게 공 과장을 만나러 왔다면서
그 증거로 공 과장이 보낸 전보를 들어 보였다. 수위는 공 과장이
있다는 2층 사무실을 안내해 주었다. 화경은 수위의 안내를 받자
대접받는 느낌이 들어 기분이 좋아졌다.

'제2방송과'라는 팻말이 붙은 사무실 앞에 다다르자 수위가 노크를 했다. 끼익 소리가 나며 문이 열리자 한 여자가 모습을 드러냈다. 작년 7월 화경이 로비에서 본 적 있는 신임 아나운서였다. 수위는 공 과장을 만나러 온 사람이라며 화경을 소개했다. 화경은 미끄러지듯 제2방송과 사무실로 들어갔다. 사무실 안에 놓인 긴 탁자에 예닐곱 명이 둘러앉아 있었다. 입에 파이프 담배를 문 공 과장은 화경을 보자 반가워했다.

"오, 윤화경 양. 시간을 딱 맞춰 왔네요. 잘 왔어요. 이쪽으로."

자리에서 일어난 공 과장이 화경을 자신의 책상으로 이끌었다. 공 과장은 화경을 의자에 앉히게 하고 나서 서류가 가득한 지저분한 책상을 정리하기 시작했다. 화경은 최대한 공손한 자세로 공 과장의 몸짓을 응시했다.

"나 원 참, 제2방송 개국 준비하느라 정신이 없어서."

화경을 고개를 돌려 탁자 쪽을 바라봤다. 양복을 말쑥하게 차려입은 남자 두 명과 한복을 입은 여자 한 명, 분홍빛 투피스를 입은 여자 한 명이 대화를 나누고 있었다. 회의를 하는 것 같아 보였다. 화경이 다시 공 과장을 봤을 때도 그는 책상 정리를 하고 있었다. 실상 정리를 하는 건지 더 어지럽히는 건지 모를 정도로 산만했다. 기다리다 못한 화경이 먼저 말을 꺼냈다.

"저, 공 과장님."

"이런, 이런. 기다리게 해서 미안하오."

"괜찮습니다."

"내가 윤화경 양을 여기로 오라고 한 건 부탁 하나를 하고 싶어서요."

"무슨 부탁을…."

"단도직입적으로다 말하리라. 아나운서 보조를 하면 어때요?"

"아나운서 보조요?"

공 과장은 신임 아나운서들이 회의하는 쪽을 힐끗 본 뒤 의자를 화경 쪽으로 바짝 대었다.

"여기 창문 쪽을 보면서 말합시다."

공 과장의 손짓에 화경은 창가로 몸을 틀었다. 다시 한번 회의하는 쪽을 힐끗 본 공 과장이 화경에게 낮게 말했다.

"저기 여자 아나운서 중에 뭐랄까 의욕 없는 사람이 있어요. 아무튼 화경 양이 그 사람 좀 도와주시오. 내가 면접 때 보니까 화경 양이 참 활달해 보이더라고. 비록 작문 시험 점수가 낙제점이라 불합격이었지만 그 낭랑한 목소리만큼은 일등이었소. 게다가 이사장님의 입김이 강하기도 해서…."

공 과장을 따라 화경도 아나운서들이 있는 쪽을 바라봤다. 남자 아나운서의 말에 하하 호호 웃은 여자 아나운서들의 목소리가 괜스레 귀에 거슬렸다. 공 과장의 낙제점이란 말과 함께 그들의 웃음소리가 화경의 자존심을 확 긁어 놨다. 하지만 화경은 냉정하게 생각하기로 했다.

"그럼 저도 아나운서가 되는 건가요?"

공 과장은 빈 파이프를 입에 물려다가 내려놓았다.

"보조를 잘하면 내 꼭 정식 아나운서가 되게 해 주겠소."

공 과장은 화경의 입에서 어떤 말이 나올지 무척 궁금하다는 표정을 지었다. 화경은 입을 꾹 다문 채 쉽게 대답을 꺼내지 않았다. 그러자 공 과장이 화경 앞에서 머리를 숙였다.

"윤화경 양, 부탁합니다. 어떻게든 우리는 조선어 방송을 시작해야 하오. 화경 양 도움이 절실합니다. 도와주시오."

공 과장의 간절한 눈빛에 화경의 마음이 살짝 흔들렸다. 때마침 따스한 햇볕이 창문을 통과해서 화경의 가슴께로 전해졌다. 화경은 다물었던 입을 열어 공 과장에게 답을 보냈다.

"하겠습니다."

공 과장은 자기도 모르게 화경의 두 손을 덥석 잡았다.

"정말 고맙소. 내가 천군만마를 얻었소. 하하하."

4
말을 파는 말장수와 꾀꼬리

"회의 시작 전에 통성명부터 합시다."

탁자 한가운데에 앉은 공 과장이 화경을 보며 손짓했다. 목소리를 가다듬은 화경은 옷매무새를 다듬은 다음 고개를 숙여 인사했다. 최현국과 성기정, 이숙현은 미소로 화답했지만 명인서는 화경을 쳐다보지도 않고 탁자 위에 놓인 종이만 들여다봤다. 화경의 시선이 명인서에게 닿았다. 잠시 침묵이 흐르자 공 과장이 다시 화경에게 눈짓을 보냈다. 어서 자기소개를 하라는 의미였다.

"안녕하십니까. 저는 이번에 진명여고보를 졸업한 방년 16세 윤화경입니다. 잘 부탁드립니다."

허리를 숙인 화경에게 박수가 쏟아졌다. 말쑥한 차림새의 성

기정은 화경이 무슨 대단한 상이나 받은 듯 열정적인 박수를 보냈다. 화경의 얼굴이 빨개졌다. 화경이 자리에 앉자 연장자인 최현국부터 자신을 소개했다.

"최현국입니다. 잘 지내봅시다."

현국의 소개는 바짝 말린 북어처럼 무미건조했다. 공 과장이 입을 삐죽거렸다.

"거참, 왜 그리 시니컬해? 나이 좀 먹었다고 무게 잡는 거야? 아무튼 경성방송국에서 무뚝뚝하기론 제일이라니까."

공 과장의 지적 때문인지 성기정은 연설을 하듯 자기소개를 했다. 기정은 스스로를 '경성 제일의 모던보이'라고 칭하더니 열성 팬들이 방송국 앞에서 자신이 퇴근하기를 기다린다며 되지도 않은 농을 쳤다. 화경은 소개하는 기정의 목소리와 몸짓을 유심히 바라봤다. 잘생긴 얼굴에 호리호리한 몸매, 기억을 더듬어 보니 작년 아나운서 채용 시험 때 자신을 사로잡은 그 남자였다. 기정의 현란한 화술 덕에 화경은 입도 가리지 않고 웃었다.

"하하하, 기정 씨 유머에 넘어가지 않을 조선 여인이 어디 있겠나? 아무튼 재치 덩어리야."

공 과장이 기정을 향해 엄지손가락을 치켜세웠다. 기정은 두 손으로 재킷의 깃을 잡아당기며 자신감을 드러냈다.

이숙현은 아주 상냥한 얼굴로 화경을 바라보며 자신을 소개했다. 이름을 말한 뒤 경성여고보 졸업반 시절 교무주임 교사의 주선으로 아나운서 채용 시험을 치렀다고 알렸다. 화경의 귀에 경성여고보란 말이 또렷하게 들려왔다. 아니 숙현의 모든 말이 너무나 또랑또랑해서 옥구슬이 은쟁반에 굴러가는 것 같았다. 부러움과 질투심이 화경의 마음속에서 동시에 일어났다. 숙현은 좌중을 향해 깍듯하게 인사를 건넨 뒤 자리에 앉았다. 가슴을 펴고 허리를 꼿꼿하게 세운 모습은 당당함 그 자체였다.

"자, 이제 마지막으로 음, 인서 씨 차례네. 명인서 씨?"

호명을 받은 명인서가 의자에서 천천히 일어났다. 분홍빛 원피스의 밑단이 바람을 맞아 살랑거렸다. 인서의 얼굴에 별다른 표정은 드러나지 않았다. 인서는 좌우로 사람들을 둘러본 뒤 화경과 눈을 맞췄다. 인서의 눈동자를 본 화경은 눈을 깜빡였다. 뭔지 모를 적막함과 슬픔이 다가왔기 때문이다.

"명인서입니다."

인서는 딱 한 마디만 하고 자리에 앉았다. 화기애애한 분위기가 찬물을 끼얹어 맞은 듯 순식간에 식어 버렸다. 공 과장은 짧은 한숨을 내뱉으며 속 빈 담배 파이프에 입김을 넣어 댔다.

"좋아, 좋아요. 뭐 차차, 그래요 차차 친해지면 되는 거고. 중요한 건 스무날 앞으로 다가온 제2방송 개국이니까."

화경이 처음 출근한 날, 경성방송국 제2방송과 회의의 첫 안건은 역사적인 조선어 방송 개시음을 선정하는 것이었다. 타종소리, 닭 울음소리, 트럼펫 소리, 팡파르 소리 등 여러 의견을 나왔다. 마땅한 소리가 없어 의견이 하나로 모이지 않았다. 모두 답답해하던 차에 화경이 조심스레 손을 들었다.

"외람되지만 제가 의견을 내도 괜찮을까요?"

담배 파이프를 입에 물고 있던 공 과장이 고개를 끄덕였다. 남녀 아나운서 네 명, 모두 여덟 개의 눈동자가 화경에게 모였다.

"꾀꼬리요. 꾀꼬리 소리는 어떨까요?"

창가 쪽으로 돌아앉았던 공 과장이 자세를 고쳐 잡았다.

"꾀꼬리?"

"조선의 새 중에 빛깔과 울음소리가 가장 아름다운 새가 꾀꼬리잖아요. 깃털마저 황금색이어서 복을 가져다준다고도 하고요."

"꾀꼬리라, 괜찮은데. 기정 씨는 어떻게 생각해?"

"저야 뭐 좋습니다. 예로부터 노래 잘하는 사람을 꾀꼬리 같은 목소리를 가졌다고 하잖습니까. 우리 아나운서들 목소리가 꾀꼬리 목소리잖습니까."

기정의 시선은 어느새 숙현에게 가 있었다.

"현국 씨는?"

"네, 좋습니다."

"이럴 땐 시원시원해서 좋군. 숙현 씨와 인서 씨는 어때?"

숙현은 해맑은 표정으로 "좋아요." 하고 대답했다. 인서는 작은 목소리로 "네." 하고 말한 뒤 고개를 까닥거렸다. 공 과장은 손뼉을 크게 치며 기뻐했다.

"오케이! 꾀꼬리 목소리로 역사적인 조선어 방송의 첫 시작을 장식하는 거야. 거참 신선하겠구먼."

기쁨도 잠시였다. 공 과장은 미간을 잔뜩 찌푸렸다.

"근데 꾀꼬리를 어디서 구하지? 산에 가서 잡아 와야 하나?"

화경이 기다렸다는 듯 답을 말했다.

"산에 갈 필요 없어요. 창경원에 있으니까요."

일그러졌던 공 과장의 미간이 연꽃처럼 활짝 펴졌다. 공 과장을 연신 손뼉을 쳐 대며 호탕하게 웃었다.

"그렇지, 창경원에 있지. 이거 화경 양 첫날부터 크게 한 건 터트리네. 안 그래 기정 씨?"

"그렇고말고요. 앓던 이가 쑥 빠지는 것 같습니다. 하하하."

기정의 아부성 발언에 공 과장이 한술 더 떴다.

"이사장님이 화경 양을 강력하게 추천한 이유가 있구먼. 화경 양 대단해요. 스바라시이!"

숙현은 겉으로는 웃고 있었다. 그러나 속은 부글부글 끓어올랐다. 자기보다 두 살이나 어린 아나운서 보조 주제에 방송국 첫 출근 날부터 상사의 칭찬을 독차지하는 모습이 과히 좋게 보이지 않았다. 게다가 이사장을 뒷배로 둔 것 같아 묘한 경계심마저 일었다. 뭐가 그리 좋은지 싱글벙글 웃는 화경이 숙현의 눈에는 밉상이었다. 인서는 여전히 무표정한 얼굴을 하고 있었다. 인서는 탁자 위에 놓은 문서를 정리한 뒤 조용히 자리에서 일어났다. 공 과장에게 묵례한 뒤 회의실을 빠져나갔다. 기정을 바라보던 화경의 눈길이 자연스럽게 인서에게 옮겨 갔다.

'저 선배겠지? 과장님이 말씀하신 의욕 없는 사람이. 그런데 저 선배를 어떻게 보조하라는 걸까?'

4월 26일, 드디어 경성방송국 제2방송이 개국하는 날이 밝았다. 전날보다 일찍 출근한 화경은 공 과장에게 특별한 임무를 받았다. 창경원에 가서 개국을 알릴 꾀꼬리를 빌려오는 일이었다. 현국이 같이 가겠다고 했지만 화경은 정중히 거절했다. 무거운 짐을 지는 것도 아니고 위험한 곳에 가는 것도 아니니까 혼자 하겠다고 했다. 무뚝뚝한 현국이 아니라 말 잘하는 기정이 나섰다면 한두 번 거절하고 나서 못 이기는 척 승낙했을 테지만. 하지만 화경이 바란 기정은 창경원에 갈 시간이 없었다. 역사적인 개국 방송을 진행할 중차대한 임무를 맡아서였다.

전차를 탄 화경은 창밖을 바라보았다. 바야흐로 봄이 정점을 향해 치닫고 있었다. 거리 곳곳에 고운 자태를 뽐내는 봄꽃을 보자 화경의 마음이 들떴다. 열심히 연습하고 있을 기정의 얼굴이 떠올랐다. 그러자 심장이 콩닥콩닥 빠르게 뛰기 시작했다.

'나이 차가 좀 나긴 하지만 연애 정도는 걸어 볼 수 있지 않을까?'

화경의 입가에 연신 흐뭇함이 배어 나왔다. 그래서 하마터면 창경원 정거장을 지나칠 뻔했다.

창경원 동물원 직원은 꾀꼬리 한 마리가 담긴 조롱(새장)을 화경에게 건네주었다.

"꾀꼬리를 울리려면 일단 검은 보자기로 조롱 전체를 덮어야 합니다. 그런 뒤 꾀꼬리 울음소리를 들려줘야 해요. 주변에 꾀꼬리가 없으니까 사람이 대신 꾀꼬리 소리를 내면 됩니다."

"사람이 흉내 내야 한다고요?"

화경은 말도 안 된다고 생각했다. 동물원 직원은 묵묵히 자기 할 말을 다 했다.

"그러면 꾀꼬리가 자기 친구들과 함께 있다는 걸 깨닫습니다. 대자연 속에서 자유롭게 노래 부르는 친구들의 소리를 들을 때, 고향을 사모하는 마음이 간절해져서 침통한 심정으로 귀를 기울이게 되지요. 그때 검은 보자기를 확 걷으면 자기가 해방되었다고 착각해서 소리 높여 울지요."

"정말요?"

"참말이에요. 제가 시범을 보여 드리지요."

동물원 직원은 남보란 듯이 검은 보자기로 조롱을 덮었다. 그러더니 꾀꼬리 울음소리를 냈다.

"삐이익- 삐삐리요, 삐이익- 삐삐리요."

여자처럼 발성하는 동물원 직원을 보자 화경에게서 피식 웃음이 새어 나왔다. 꾀꼬리 울음소리로 조선어 방송의 개국을 알리자고 제안하긴 했지만, 이런 우스꽝스러운 모습인 줄 미처 예상하지 못했다.

"한번 해 보세요."

화경은 얼떨결에 직원을 따라 꾀꼬리 울음소리를 흉내 냈다.

"삐이익- 삐삐리요, 삐이익- 삐삐리요."

"이야, 처음인데 잘하시네요. 이제 검은 보자기를 확 벗기세요."

화경이 검은 보자기의 끝자락을 잡고 위로 확 집어 올리자, 꾀꼬리가 울기 시작했다. 그런데 직원이 말한 대로 해방의 기쁨을 표현하는 소리는 아니었다. 갑자기 햇빛이 쏟아져 들어와 꾀꼬리가 잔뜩 놀란 눈치였다. 어쨌든 직원의 말은 거짓이 아니었다. 화경은 검은 보자기로 덮인 조롱을 들고 방송국으로 향했다.

조선어 방송의 개국 시각은 하오 6시, 그 시각까지 화경이 해야 할 일은 꾀꼬리가 제때 울도록 연습시키는 거였다. 화경은 스튜디오 한쪽에서 꾀꼬리 울리는 연습을 계속했다. 처음에 잘 울지 않던 꾀꼬리는 연습을 거듭하자 제때 울기 시작했다. 그러는 사이에 화경의 입에서 나오는 꾀꼬리 소리는 진짜 꾀꼬리 소리에 가까워졌다. 평소 장난삼아 성대모사를 한 덕이었다.

개국을 앞두고 제2방송과의 모든 직원뿐 아니라 방송국 이사장을 비롯한 임원진이 스튜디오에 모였다. 모두 긴장한 표정이

역력했다. 특히 책임을 맡은 공 과장이 진땀을 흘리며 초조해했다. 개국 멘트를 전할 아나운서로 기정과 숙현이 선발되었다. 두 아나운서는 손에서 대본을 떼지 않았다. 실전에서 긴장하지 않도록 입을 풀고 호흡을 가다듬었다. 스튜디오에 걸린 시계는 어느덧 5시 50분을 가리켰다.

공 과장의 지시에 따라 기정과 숙현이 한 마이크 앞에 섰다. 조롱을 든 화경은 다른 마이크 앞에 섰다. 스튜디오 안에 있는 모든 사람의 눈이 조롱에 쏠렸다. 화경은 조롱을 입에 가까이 대고 꾀꼬리 소리를 흉내 냈다. 마지막까지 최선을 다하려는 것이었다.

5시 59분을 가리킨 시계의 초침이 숫자 12를 향해 거침없이 나아갔다. 5초를 남겨두고 공 과장이 손을 쫙 폈다. 1초가 지날 때마다 공 과장의 손가락이 하나씩 접혔다. 드디어 시침과 분침이 일자가 되자 공 과장이 화경에게 큐 사인을 보냈다. 화경은 조롱을 덮은 검은 보자기를 있는 힘껏 걷어냈다.

그런데 아무 소리도 나지 않았다. 스튜디오 안은 꼴깍 침 넘기는 소리밖에 들리지 않았다. 다급해진 공 과장이 다시 화경에게 큐 사인을 보냈다. 그래도 꾀꼬리는 울지 않았다. 시계의 초침은 벌써 숫자 1을 지나 2를 향해 달려가고 있었지만, 스튜디오 안에는 침묵만 흘렀다. 지하까지 파고들 만큼 묵직한 침묵이었다.

그 침묵을 깬 소리가 어딘가에서 터져 나왔다.

"삐이익– 삐삐리요, 삐이익– 삐삐리요, 삐이익– 삐삐리요."

애타게 기다리던 꾀꼬리 울음소리였다. 하지만 진짜 꾀꼬리 부리에서 나온 소리가 아니었다. 그 소리는 숙현의 입에서 나왔다. 스튜디오 안에 모인 사람들이 모두 숙현을 바라봤다. 죽을 고비를 넘긴 것처럼 가슴을 쓸어내린 공 과장이 기정에게 큐 사인을 보냈다. 기정이 조선어 방송의 첫 멘트를 날렸다.

"쩨이 오 듸 케이. 여기는 경성방송국 제2방송이올시다. 오늘 하오 여섯 시부터 조선어 방송을 개국합니다."

기정의 멘트를 받은 숙현이 제2방송의 설립 취지를 설명했다. 그러나 화경의 귀에는 숙현의 멘트가 하나도 들어오지 않았다. 애꿎은 꾀꼬리만 노려볼 뿐이었다. 그러는 사이에 예기 조난향이 마이크 앞으로 다가왔다. 화경은 꾀꼬리가 든 조롱을 들고 한쪽으로 물러났다. 꿔다 놓은 보릿자루 신세가 되어 스튜디오 구석으로 파고들었다. 조난향의 구성진 창에 맞춰 이사장과 임원진은 추임새를 넣었다. 방금 전 무거운 침묵이 흘렀다는 사실이 무색할 정도로 스튜디오는 활기찬 분위기로 일시에 탈바꿈했다. 조난향의 특별 공연이 끝나자 개국 방송의 마무리 멘트가 울려 퍼졌다. 그 멘트는 명인서가 맡았다.

"여기는 경성방송국 제2방송이올시다. 쩨이 오 듸 케이."

개국 방송이 끝나자 박수갈채가 쏟아졌다. 일본인 이사장이 공 과장에게 다가와 악수를 건넸다. 공 과장은 허리를 굽실거리며 애써 웃음을 띠었다. 아무래도 제대에 울지 않은 꾀꼬리가 마음에 걸렸기 때문이다. 이사장은 아나운서인 현국, 기정, 숙현, 인서와도 악수했다. 견습(수습)인 화경은 약간 어정쩡한 자세로 이사장과 악수했다. 이사장이 꾀꼬리를 힐끗 보더니 옆에 있는 임원에게 뭐라고 말을 했다. 그 소리가 화경에겐 들리지 않아 화경의 마음은 초조해졌다.

"꾀꼬리 울음소리로 개국을 알리자고 제안한 사람이 윤화경 양이라며?"

"네."

이사장은 화경의 어깨를 두드렸다. 누가 봐도 격려하는 몸짓이었다.

"잘했어. 그런데 좀 더 분발해야겠어."

"하이!"

화경의 자세가 순사나 군인처럼 아주 꼿꼿해졌다. 화경 자신도 모르는 사이 무조건 반사처럼 취한 몸짓이었다.

퇴근하라는 공 과장의 말에 화경은 조롱을 들었다. 내일 출근하기 전에 빌려온 꾀꼬리를 창경원에 돌려주라는 지시도 떨어졌다. 창경원 근처에 사는 현국이 화경 대신에 돌려주겠다고 했는데, 또다시 화경이 거절했다. 화경으로서는 현국에게 부탁하기가 민망스러웠다. 특별 임무를 제대로 수행하지 못했다는 자책도 거절한 이유 중 하나였다.

남녀 아나운서들과 화경이 나란히 방송국 정문을 나섰다. 그러자 사람들이 몰려 왔다. 숙현과 기정의 팬들이었다. 엄밀히 말하자면 숙현의 팬이 더 많았다. 남성 팬에게서 꽃다발을 받은 숙현은 함박웃음을 지었다. 몰려든 사람들 틈새로 신문기자 한 명이 숙현에게 다가왔다.

"제2방송의 개국을 알린 아나운서로서 오늘 어떤 다짐을 했습니까?"

단아한 차림의 숙현이 두 손을 공손히 모은 채 기자의 질문에 대답했다.

"아나운서는 말장수란 별명을 듣는 직업여성이에요. 그러니 항상 말을 조심해야 해요. 표준말을 쓰고 귀에 거슬리지 않게, 바르고 쉽게, 정답고 친절하게, 또 명랑하게 프로그램을 진행해야 하죠. 오늘 개국 방송 전에 이렇게 해야겠다고 다짐했어요. 또 실수 없게 해야 하니까 참을성을 지녀야 하고 단정해야…."

옆에서 숙현의 말을 듣고 있던 화경은 '실수'라는 말에 얼굴을 붉혔다. 마치 자기 들으라는 듯 숙현이 한 말 같았다.

'숙현 선배는 언제 꾀꼬리 울음을 연습한 거야? 내가 꾀꼬리 울음소리로 하자고 해서 꾀꼬리 빌려오고 연습도 시켰건만, 결국 숙현 선배가 꾀꼬리가 되고 만 거야? 하아….'

인파를 뒤로 한 채 화경은 자기 집 쪽으로 발걸음을 돌렸다. 그때 화경의 귀에 기정의 목소리가 들려왔다.

"숙현 씨, 개국 방송 성공 기념으로 커피 한잔하시죠?"

숙현이 방송국 건물에 붙은 시계를 보며 기정에게 답했다.

"좀 늦은 것 같은데요."

"아직 여덟 시밖에 안 되었는데요, 뭘."

"그럼 그럴까요?"

화경의 마음속에서 부아가 치밀어 올랐다. '칫' 하는 소리가 봄밤의 푸근한 공기를 반으로 갈라놓았다.

5
새말 길거리에 떨어진 비단

개국 방송으로 분주한 한 주가 지나고 맞은 공일은 5월의 첫
날이었다. 화경은 오랜만에 늦잠을 잤다. 원래는 정신과 화신백
화점에 갈 약속을 잡았는데, 무슨 일인지 정신이 약속을 깨버렸
다. 화경이 방송국에 출근한 뒤로 정신과의 교우가 소원해지긴
했다. 정신이 뭔가에 마음을 빼앗겨 바쁘다는 것쯤으로 화경은
짐작만 할 뿐이다. 아마도 노래를 배우러 권번(기생학교)에 기웃
거리는 게 아닌가 싶었다. 어엿한 여염집 딸이 기생집에나 드나
든다 생각하니 아무리 절친이라도 고개를 갸웃거릴 수밖에 없
는 노릇이었다.

늦은 아침상을 물리고 난 화경이 머리 매무새를 만지러 거울
앞으로 가려는 때에 방문이 열렸다. 문을 연 사람은 화경의 어

머니였다. 연분홍빛 벚꽃이 수 놓인 어머니의 치마가 화경의 눈을 사로잡았다.

"치마가 참 고와요. 처음 보는 치마 같은데….."

만면에 웃음을 띤 어머니가 치맛단을 들어 올리며 방안으로 들어왔다.

"곱지? 며칠 전에 종로통에서 한 벌 지었단다. 비단이며 수놓은 솜씨가 아주 기가 막혀."

"그러셨군요."

화경의 입이 조금 삐져나왔다. 눈치 빠른 어머니가 화경의 손을 살포시 잡았다.

"우리 화경 양도 새 옷을 입고 싶구먼. 날도 좋은데 우리 옷이나 한 벌 맞추러 가 볼까?"

"백화점에요?"

"실은 네 아버지가 심부름을 시켰단다. 제사공장 가서 제일 좋은 비단을 떼어오라고 말이야."

"그런 건 아랫사람 시키면 되잖아요."

"나도 그렇게 말하지 않았겠니? 그런데 부득불 내가 직접 가서 보고 만져야 한다지 뭐니? 어느 고관대작한테 선물할 거라고 하니 난들 어쩌겠니?"

"그 고관대작이 누군데요?"

화경의 눈빛이 반짝반짝 빛났다. 어머니는 가볍게 화경의 볼을 쓰다듬으며 웃음을 지어 보였다.

"총독부 고위 관리 아니겠니? 우리 화경이가 그 고위 관리의 며느리가 된다면 얼마나 좋을까?"

"네?"

조금 전 어머니의 치마를 봤을 때보다 화경의 눈이 배는 더 커졌다.

"뭘 그렇게 놀라? 여자 나이 열여섯이면 머리 올리기 딱 좋을 나이지. 집안 좋지, 여고보 나와 교양도 쌓았지, 미색도 출중하지. 우리 화경이가 어디 빠지는 구석이 있어야 말이지."

화경이 마른침을 삼키며 눈을 두어 번 깜빡거렸다.

"아니, 그래도, 벌써 혼례를 치르기에는 아직, 지금은…."

"호호호, 얼굴이 꽃사과처럼 빨개졌구나. 곱네 고와."

부끄러워하는 화경의 머리 위로 박 서방의 목소리가 울려 퍼졌다.

"안방마님, 인력거 대령했습니다."

어머니의 눈짓에 화경은 서둘러 외출복으로 갈아입었다.

인력거가 종로통으로 접어들자 구름 뒤에 숨어 있던 햇살이 인력거 안으로 스며들어왔다. 화경은 따스함에 눈을 감았다. 며칠 동안 방송국 안에서만 지내서 그런지 햇살이 유난히 살갑게 느껴졌다. 오월의 햇살을 즐기는 사람은 화경만이 아니었다. 화경과 어머니가 탄 인력거 주변으로 수많은 사람이 지나가고 있었다. 물건을 파는 장사꾼과 물건을 사는 아낙네와 사내들이 뒤섞여 종로통은 거대한 장터 같았다. 꼬마 아이들은 뭐가 그리 좋은지 길거리를 뛰어다녔다. 그래서 길을 비켜 달라는 인력거꾼의 목소리가 자주 들렸다. 가다 서다가 반복되자 화경의 어머니가 짜증을 냈다.

"이거 원 참, 순사들은 뭐하나 몰라. 이래 가지고 언제 새말(신설동)까지 가겠어."

사람 구경을 하던 화경은 대수롭지 않다는 듯 대답했다.

"빨리 갈 필요 있나요? 이것저것 구경할 것도 많은데요."

"넌 누굴 닮아서 그리 무사태평이냐. 답답하지도 않아?"

화경은 대답 대신 웃음을 지어 보였다. 본정통(명동)의 미쓰코시 백화점이나 조지아 백화점과는 확연히 다른 뭔가를 느꼈기 때문이다. 정돈되어 있지 않은 무질서 속에 따스함과 활력이 담겨 있었다. 그렇다고 해서 인력거에서 훌쩍 내려 저들과 같이 종로통을 걷고 싶지는 않았다. 아랫것들이 먹는 국밥은 한 숟가락만 맛보면 그만이니까. 아니, 한 숟가락 다 입에 넣고 우걱우걱 씹을 필요 없이 국물만 혀끝에 살짝 대어 보면 충분하니까.

화경이 생각에 잠겨 있는 때에 별안간 경적이 울렸다. 인력거 뒤에 있는 자동차가 답답해서 낸 소리였다. 먼저 반응을 보인 사람은 화경의 어머니였다.

"에구 깜짝이야. 간 떨어질 뻔했네."

코웃음을 치는 화경에게 어머니가 눈을 흘겼다. 그러는 사이에 검은색 자동차가 인력거 옆을 유유히 지나갔다. 차장 너머로 말쑥한 차림의 신사가 보였다. 신사의 손끝은 자신의 카이저수염에 머물러 있었다. 순간 화경의 입에서 '이사장님' 하는 소리가 흘러나왔다. 화경이 황급히 어머니를 바라보며 말했다.

"저분, 경성방송국 이사장님이에요."

"아하, 우리 화경이를 잘 봐 주셨다는 그분? 그나저나 우리 화경이 꾀꼬리 같은 목소리는 언제 들을 수 있으려나."

어머니는 화경이 아나운서 보조라는 사실을 모른다. 조만간 정식 아나운서가 될 테니 화경은 그때까지 비밀로 하는 게 낫겠다 싶었다.

"아직 견습이에요. 조금 있으면 제 목소리가 전파를 탈 거구요."

힘없는 화경의 대답을 어머니는 알아차리지 못했다. 화경은 어머니가 방송국 일에 대해 더 캐물을까 봐 서둘러 화제를 돌렸다. 그러는 동안 인력거는 사람들을 피해 동대문(흥인지문)에 다다랐다. 동대문을 지나자 신기하게도 길이 뚫렸다. 인력거꾼이 이마에 흐르는 땀을 훔쳐낸 다음 손잡이를 단단히 잡았다. 어머니와 화경을 바라보며 비장한 표정을 지었다.

"마님, 이제 좀 빨리 가겠습니다."

인력거가 새말 경성제사공장에 도착한 시각은 예상보다 반 시간이 흐른 뒤였다. 인력거가 공장장실 앞에 멈춰 서자 작달 만한 키에 배가 불룩 튀어나온 공장장이 모자를 벗으며 인력거 앞으로 달려왔다. 공장장은 어머니 앞에서 허리를 잔뜩 구부리며 깍듯하게 인사했다.

"어서 오십시오, 마님. 먼 길 오시느라 고생 많으셨습니다."

어머니는 손만 까닥거릴 뿐 별말을 하지 않았다. 평소 아랫사람 대하는 모습 그대로였다. '아랫사람에게 일일이 대꾸하면 버릇만 나빠진다.' 이게 어머니의 소신이다. 미주알고주알 사사건건 지시하지 않고 손짓 하나 눈빛 하나로 아랫사람을 휘어잡아야 한다고 화경에게도 가르쳤다. 그에 더해 화경의 아버지는, 상전이 자기 머리 꼭대기에 있다는 걸 뼛속 깊이 각인하지 않으면 언젠가 반드시 기어오른다고 경고했다. 그런 부모의 가르침 덕에 화경은 공장장 앞에서 허리를 꼿꼿하게 세웠다.

"안으로 들어가시죠."

공장장의 안내에 따라 화경과 어머니가 공장 안으로 들어섰다. 방직 기계가 뿜어내는 요란한 소리가 귓전을 때렸다. 어머니의 미간이 서서히 좁혀졌다. 그 모습을 본 공장장이 머리를 긁으며 겸연쩍어했다.

"원래 공일에는 기계를 안 돌리는데 요즘에 일손이 달려서 이렇습죠. 재작년에 불손한 직공들을 솎아냈더니 아직도 일손이 달려 죽을 맛입니다요."

침묵을 지키던 어머니가 입을 뗐다.

"재작년에 무슨 일이…."

공장장이 둥근 뿔테 안경을 매만지며 한숨부터 쉬었다.

"아이고, 말씀도 마십쇼. 재작년에 그 무슨 학생 동요 사건 (1931년 광주학생운동)으로 멀쩡한 학생들이 만세 부르고 난리 치는 통에 여기 여직공들도 덩달아 동정 파업을 계획했습죠. 공장 폭삭 망하게 하려고요. 다행히도 미연에 발각되어서 다 잡혀갔습죠. 아무튼 머리에 든 것도 없는 무식쟁이 공순이 주제에 무슨 파업 짓거리를 한다고. 동대문경찰서에서 불손한 것들을 다 솎아내긴 했는데 문제는 그것들이 숙련공이라는 것이었습죠. 그때부터 지금까지 직공을 새로 뽑긴 하는데 아무래도 손이 서툴다 보니 사고도 자주 나고, 생산성도 떨어지고, 참 난감합니다요."

화경이 공장장의 말에 끼어들었다.

"사고라뇨?"

"그거 뭐 있지 않습니까? 기계에 손이 끼고 그러는 거. 그런 사고가 나면 몇 시간씩 기계를 못 돌리니까 일감도 못 맞추고, 아무튼 그럴 때마다 공장 전체가 비상입니다요."

어머니의 미간이 아까보다 더 좁혀졌다. 그만 얘기하라는 신호였다. 손으로 자기 입을 쳐댄 공장장이 거북이처럼 목을 두어 번 짧게 늘어뜨리고선 공장장실을 향해 발걸음을 재촉했다.

어머니는 차 대접을 받고 나서 공장장이 내보인 비단들을 하나하나 꼼꼼히 들쳐 보았다. 화경은 공장장실에 난 작은 창을 통해 공장의 전경을 바라봤다. 흰 수건을 머리에 두르고 바쁘게 기계를 매만지는 여직공들의 모습이 한눈에 들어왔다. 그때 기계 사이로 원단을 안고 뛰어가는 여자아이가 화경의 눈에 띄었다.

　'애선이?'

　희끄무레한 공장장실의 유리창으로 봐도 분명히 애선이었다. 화경은 조심스럽게 공장장실의 문을 열고 밖으로 나왔다. 공장 안을 둘러보며 애선을 찾았지만 보이지 않았다. 몸을 돌려 공장 밖으로 보니 애선이 보였다. 애선은 작업반장에게 다른 원단 하나를 받고 있었다. 가녀린 애선의 양 옆구리에는 무거운 원단 두 개가 끼워져 있었다. 화경은 공장 밖으로 나가 애선의 이름을 불렀다.

　"애선아!"

　애선이 소리 나는 쪽으로 고개를 돌렸다. 애선과 화경의 눈빛이 맞닿았다. 화경이 웃음을 짓는 사이에 애선의 옆구리에 끼워져 있던 원단이 힘없이 땅바닥을 향해 기울어졌다. 애선이 원단을 잡으려 손을 뻗었다. 두꺼운 원단이 사시나무 같은 애선의 손가락에 걸려들 리가 없었다. 결국 애선이 잡은 것은 원단의 끝자락이었다. 애선의 손끝에서 겨우 지탱하던 원단은 불행히도 물이 고인 곳으로 빙그르르 원을 그리며 떨어졌다. 청록색 비단 꾸러미가 후루룩 펼쳐지면서 사방으로 물방울을 튕겨 냈다. 튀어오른 물방울 몇 개는 운 좋게도 비단 위에 안착했다. 질 좋은 비단 위에서 물방울이 아침이슬 같은 영롱함을 뽐냈다.

사태를 해결하기 위해 가장 먼저 발 벗고 나선 이는 작업반장이었다. 그는 청록색 비단 꾸러미가 다시는 펼쳐지지 않도록 꽉 붙잡았다. 그러고는 강인한 팔 근육을 써서 어깨에 척 둘러멨다. 애선은 작업반장의 일사불란함을 그저 지켜보기만 했다. 옆구리에 끼운 다른 원단마저 흙탕물로 물들일 수 없으니까. 안전지대로 빠져나온 작업반장은 애선을 몰아세웠다. 그는 우선 검지로 애선의 이마를 꾹꾹 눌렀다. '이게 얼마짜리 원단인데 이런 실수를 하느냐?'는 타박을 시작으로, 욕지거리가 속사포처럼 이어졌다. 이 모든 상황은 화경이 애선에게 달려가 원단을 수습하려고 마음먹기 전에 이미 끝나 버렸다. 실상 화경은 애선을 부른 다음 애선을 향해 한 발자국도 내딛지 못했다. 애선은 작업반장을 따라 저 멀리 사라져 갔다. 애선의 애처로운 뒷모습이 화경의 마음을 애잔하게 만들어 놓았다.

"화경아!"

화경의 어머니가 멍하니 서 있는 화경을 불렀다.

"뭐 하고 있니?"

고개를 돌려 어머니를 본 화경이 다시 애선이 걸어가는 쪽을 바라봤다. 이제 애선은 없었다.

"뭐 하고 있냐니까?"

아랫사람 앞에서 재촉하는 법이 없는 어머니가 혼이 빠진 화경에게 짜증 섞인 말투를 드러났다. 화경은 잠깐 바람 좀 쐬러 나왔다며 말끝을 얼버무렸다.

"집으로 돌아가자."

인력거꾼이 인력거를 대자, 공장장은 이틀 뒤 최고급 비단을 평동 집으로 배달해 주겠다며 연신 고개를 끄덕였다. 어머니를 따라 화경은 아무 말 없이 인력거에 올라탔다. 동대문을 지날 때까지 모녀는 침묵했다. 종로통에 접어들고 화신백화점이 가까워지자 어머니가 먼저 말을 꺼냈다.

"화신 가서 옷 고를래?"

"아니요. 오늘은 좀 피곤하네요."

"하긴 인력거 타고 다니는 것도 쉬운 일은 아니지. 나도 멀미가 좀 나려 하는구나. 집에 가서 쉬자."

오른쪽으로 총독부 건물이 위용을 드러날 때 화경이 애선에 대한 이야기를 꺼냈다.

"김포 살 적 김 서방 아저씨 말이에요."

"뭐, 김포 김 서방? 우리 집 마름?"

"네. 그 아저씨 몇 달 전에 찾아온 뒤로 또 찾아온 적 있어요?"

"그런 건 왜 물어?"

"사실 아까 제사공장에서 애선이를 봤어요."

"애선이? 김 서방 딸? 그 계집을 봤다고?"

"네, 틀림없이 애선이였어요. 제가 부르자 절 쳐다봤어요."

화경의 목소리는 낮았지만 단호했다.

"흐흠. 네 말이 맞을 수도 있겠지. 김 서방네는 딸린 식구가 많으니까 애선이 고 계집이 공장 일에 나설 수도 있겠지. 그게 아랫것들의 삶이야. 쓸데없는 데 신경 쓰지 마."

"그래도 친구였는데요."

어머니가 정색하며 대꾸했다.

"친구는 무슨 친구야. 상것들과는 절대 친구 할 수 없어. 명심해."

화경의 입에서 선뜻 대답이 나오지 않았지만, 어머니는 재차 대답을 요구하지 않았다.

평동 집에 도착해 인력거꾼을 보낸 뒤 어머니는 화경을 안방으로 불렀다. 화경은 어머니가 애선에 대해 확실한 다짐을 받아 두려는 거라고 짐작했다.

"화경아, 요즘 네 혼사를 알아보고 있단다."

뜻밖이었다. 혼사라니. 제사공장 가기 전에 꺼냈던 혼사 이야기가 빈말이 아니었다.

"사실 오늘 저녁에 네 아버지가 꺼낼 이야기였는데. 아무튼 그렇게만 알아 두렴."

순간 화경의 머리에 뭔가가 스쳐 지나갔다.

"혹시 오늘 산 비단이 제 혼사와 관련 있는 거예요?"

옥빛 비녀를 매만지던 어머니가 화경을 똑바로 보며 말했다.

"그래 맞다."

"그럼 총독부 고위 관리의 자제분과 제가…."

어머니가 고개를 가로저었다.

"자세한 건 이따 저녁에 아버지께 들으렴. 나보다 아버지가 말씀해 주시는 게 더 나을 것 같구나."

"알고 계신 것만 알려 주세요."

"내지인이다."

화경이 화들짝 놀랐다.

"일본 사람이라고요? 어떻게 그럴 수 있어요?"

"나도 처음엔 반대했단다. 하지만 우리 집안이 번성하려면 그리해야 해."

화경의 목소리가 높아졌다. 어른 앞에서 보여야 하는 올곧은 자세가 흐트러졌다.

"말도 안 돼요. 싫어요."

"왜 우리가 김포에서 경성으로 이사 왔는지 알면, 아버지가 왜 네 혼처로 내지인을 선택했는지 이해할 수 있을 게다."

화경은 점점 미궁 속으로 빨려 들어가는 것 같았다. 느닷없는 혼사, 내지인 혼처, 그리고 경성. 도무지 연결되지 않은 것 같은 그 퍼즐은 저녁 늦게 아버지가 집으로 돌아오고서야 풀렸다.

"화경이 네 혼처는 건축업자 히데오의 아들이다."

4년 전 화경의 아버지가 십만 평의 전답을 모조리 팔고 경성으로 올라온 건 문화주택 때문이었다. 경성 근교의 토막촌을 밀어내고 멋들어진 신식 문화주택촌을 건설할 것이라는 고급 정보가 아버지의 귀에 들어왔다. 아버지는 수소문 끝에 건축업자 히데오와 연줄이 닿았다. 그러나 개발은 총독부 권한, 아버지는 다시 히데오를 통해 총독부 관리와 접촉했다. 아버지가 어머니에게 부탁한 비단은 총독부 관리에게 줄 뇌물이었다. 그 뇌물로 총독부 관리가 문화주택촌 개발을 허가하면 히데오와 아버지는 어마어마한 이익을 얻게 될 게 빤하다. 아버지는 개발 사업의 완벽성을 실현하기 위해 히데오와 사돈 관계를 맺으려 하는 것이다. 마침 히데오에게는 아들이 있고 아버지 윤대수에게는 고명딸이 있다. 이렇게 좋은 기회를 놓칠 수는 없다. 그야말로 집안의 명운이 걸린 중대한 사안이다.

일장 연설을 늘어놓은 아버지가 화경에게 답을 원했다. 화경은 굳게 다문 입을 열었다.

"싫어요. 안 할래요."

설마 부모의 뜻을 거역하리라 생각도 못 했는데 제대로 뒤통수를 맞았다. 그러나 화경도 길 가다 물벼락을 맞은 것만큼 황당하기 이를 데 없는 상황이었다.

어머니가 히데오 아들의 사진을 보여 주자 화경은 더 단호하게 고개를 내저었다. 삐쩍 마른 몰골에 왜소하기 짝이 없는 사내. 그 사진을 보자 화경은 방송국의 성기정을 떠올렸다. 진정한 모던걸의 조건인 자유연애를 결코 한순간의 물거품으로 만들 순 없었다.

6
단둘만의 시간

　월요일, 제2방송과의 조회가 시작되었다. 아나운서들과 편성 담당자 등 제2방송과의 모든 직원이 참석하는 회의다. 아나운서 보조인 화경은 가장 끝자리에 앉았다. 화경의 앞에는 기정이 자리 잡고 있었다. 화경의 머릿속에는 전날 아버지에게서 들은 이야기가 아교처럼 들러붙어 있었다.

　'내지인이라니, 그것도 볼품 하나 없이 빼빼 마른 장작이라니….'

　화경은 기정을 슬쩍 바라봤다. 매끈한 얼굴에 포마드로 단정하게 빗어 올린 머리칼, 몸에 꼭 맞는 양복에 감춰진 단단한 어깨 근육. 화경의 눈빛이 기정과 마주치자 화경은 얼른 고개를 돌렸다. 갑자기 얼굴이 빨개지고 숨이 턱 막혀 왔다.

"일동 기립."

회의실 문이 열리면서 공명식과 함께 낯선 사람이 들어왔다. 공 과장이 고개를 조아리며 손으로 자리를 안내하는 것으로 보아 그 사람은 공 과장의 상급자였다.

"이사님께 경례."

직원 모두가 목각인형처럼 허리를 꺾었다. 화경도 얼떨결에 고개를 숙였다. 그렇게 인사하는 것은 난생처음이었다.

"일동 착석."

일본인 이사가 담배를 피우려고 파이프를 꺼내자 공 과장이 잽싸게 라이터를 꺼내 들었다. 평소에 못 보던 물건이었다. 이사의 입에서 뭉게구름이 피어올랐다. 담배 연기는 바람을 타고 화경에게 너울너울 날아갔다. 결국 화경의 입에서 짧은 재채기가 흘러나왔다. 공 과장은 화경을 향해 인상을 찌푸렸다. 화경은 얼른 수건으로 입을 틀어막았다. 회의실 안에는 묘한 긴장감이 감돌고 있었다. 공 과장은 현국을 불러냈다. 일본인 이사의 통역을 맡기려는 것이었다.

공 과장은 지난 일주일 동안 방송한 내용을 일본인 이사에게 보고했다. 이사는 고개를 끄덕이면서 웃음을 지어 보이기도 했다. 조선어 방송을 시작한 후 청취자가 눈에 띄게 늘었다는 대목에서는 "스키."(좋아) 하며 맞장구를 쳤다. 일주일간의 방송 결과에 매우 흡족해하는 모습이었다. 보고가 끝나자 일본인 이사는 회의실 밖으로 나갔다. 들어왔을 때와 마찬가지로 직원 모두 90도 인사를 했다.

이사가 문밖으로 완전히 나간 걸 확인한 공 과장이 넥타이를 풀었다.

"아휴, 이래서 보고가 힘들다니까. 안 그래. 기정 씨?"

"과장님 보고는 언제나 훌륭합니다."

엄지를 치켜든 기정이 잽싸게 공 과장의 파이프에 불을 붙였다. 공 과장이 일본인 이사에게 하던 모습 그대로였다. 길게 연기를 쭉 내뿜은 공 과장이 직원들을 보며 한마디 했다.

"어쨌거나 지난 일주일은 그럭저럭 잘해 냈고, 지금부터가 진짜 시작인데…."

조금 뜸을 들이던 공 과장이 안경을 추켜올리면서 음악 프로그램 담당자를 바라봤다.

"청취자에게서 불만 섞인 편지가 여러 통 왔다면서? 이숙현 아나운서가 그 꾀꼬리 같은 목소리로 한 번 읽어 보시오."

편지를 받아 든 숙현이 방송하는 것처럼 편지 두 통을 연이어 읽었다.

"나 같은 늙은 사람은 신식 유행가가 듣기 싫으니 예부터 전해 오는 조선 노래를 많이 들려주시오." "저 같은 젊은이는 예전 조선 노래는 듣기 싫으니 최신식 양악을 들려주오. 서도잡가나 남도소리를 한결같이 방송하는 것, 어찌나 귀가 아프게 들었는지 골치가 아픕니다. 한 주일에 한 번쯤 했으면 어떻겠소?”

라디오에서 나오는 노래에 두고 신구(新舊) 세대가 충돌하고 있었다. 청취자들의 불만을 최소화하는 것이 공 과장에게 닥친 최우선 숙제였다.

“지금 우리가 조선 노래를 7할 정도 편성하고 있는데, 사실 뾰족한 수가 없어요. 출연진을 손쉽게 확보하려면 권번 예기만 한 노래꾼이 없잖아. 일본어 방송에 비해 우리 조선어 방송 제작비는 풍족하지도 않고, 양악 연주를 중계하려면 지금 예산으로는 턱도 없고. 나 이것 참.”

숙현은 청취자가 점점 늘어나면 예산도 늘어날 테고, 그러면 양악 중계도 머지않아 이뤄질 거라며 공 과장을 위로했다. 공 과장은 입맛을 쩝쩝 다시면서 나름대로 흡족한 웃음을 띠었다. 화경은 회의실에서 오가는 말에 관심이 없었다. 화경의 관심은 오로지 기정이었다. 기정을 바라보는 것만으로 거머리처럼 붙어버린 내지인 신랑감을 떼어 낼 수 있으리라 생각했다.

‘조만간 단둘이서 만나야 할 텐데….’

정오 시보를 시작으로 조선어 방송이 시작되었다. 기정이 ‘금일의 방송 프로그램’을 발표했다. 12시 5분부터 12시 35분까지는 서도잡가가 방송되는 시간이었다. 잡가를 부를 기생과 대금을 부를 악사는 이미 반 시간 전에 스튜디오에 들어와 있었다. 잡가를 소개할 아나운서는 인서이므로 화경이 도와줘야 했다. 하지만 잡가 소개는 짧기 때문에 딱히 화경이 할 역할이란 건 없다. 그래도 아나운서 보조니까 옆에 있어야 한다.

"서도잡가 '관산융마'를 듣겠습니다. 창은 김모란, 대금 연주는 송필적이올시다."

마이크 앞에 선 기생 김모란이 프로듀서의 신호에 따라 노래를 부르기 시작했다.

"추강이~~이~이잉이~이잉이 저어어억 마악아악~이이 어룡 웅웅~ 용냉애."

노래는 '적막'에서 끝으로 치닫고, '어룡'에서도 끝으로 치닫다가 감겼다. 가는 소리로 치다가 끝에 오르면 가성(假聲)으로 휘감아 버렸다. 그러나 화경의 귀에는 자장가처럼 들렸다. 점심을 먹은 터라 화경의 눈꺼풀이 자꾸만 밑으로 떨어졌다. 겨우 한 소절이 끝나갈 때야 화경은 정신을 차렸다. 화경은 인서를 찾았다. 그런데 인서는 스튜디오 안에 없었다. 화경이 계속 스튜디오 안을 두리번거리자 프로듀서가 손가락으로 밖을 가리켰다. 화경은 소리 나지 않게 의자에서 일어나 스튜디오 밖으로 나갔다.

인서는 창가에 앉아서 책을 읽고 있었다. 화경이 인서에게 조용히 다가갔다.

"명 선배, 뭐 하세요?"

인서는 책에서 눈을 떼지 않고 화경에게 대답했다.

"노래 끝나려면 아직 멀었어요. 한없이 길게 늘여서 부르면 20분도 더 걸리니까."

"아, 네에."

호기심 많은 화경이 인서 손에 들린 책을 유심히 살폈다. 책 표지에는 일본어로 '인형의 집'이라고 쓰여 있었다.

"명 선배도 인형 좋아하시나 봐요. 저도 좋아하는데."

인서가 뚱한 얼굴로 화경을 쳐다봤다. 그러더니 짧게 코웃음을 쳤다.

"인형, 맞아요. 인형이죠. 나와 화경 양. 여기 방송국 사람들, 저 안에서 노래 부르는 사람까지."

"네?"

"사람들이 왜 기생들 노래를 좋아할까요?"

"그야, 노래를 잘하니까요."

인서는 책을 덮어 무릎에 놓고 말을 이었다.

"기생집 갈 돈보다 훨씬 적은 돈으로 기생 노래를 들을 수 있으니 그렇지요. 얘기를 듣자니 대감이니 영감이니 하는 사내들이 기다란 곰방대를 물고는 보료 위에 편안히 드러누워서 좋다! 소리를 연발한다지요. 기생의 예쁜 얼굴을 보지 못해 유감이라 하더군요."

"아아, 그렇군요. 그런데 명 선배는 왜 인형이에요?"

"화경 씨는 궁금한 게 많네요. 사실 난 내 이야기를 잘 안 하는 편이라."

화경은 머쓱해져서 창밖을 바라봤다. 봄날의 햇볕이 참 따스해 보였다. 자신도 인서처럼 일하다 짬이 나면 책을 읽어도 좋겠다 싶었다. 그러다 문득 어제 일이 생각났다. 진중한 성격의 인서라면 자신의 고민을 들어줄 것 같았다.

"저기, 제게 고민이 하나 있는데 들어주실 수 있을까요?"

인서가 다시 읽던 책을 덮어 무릎에 올려놓았다. 화경이 앞이 있으니 더는 읽을 수 없겠다는 표정을 지었다. 화경의 말에 인서는 고개를 가볍게 끄덕였다.

"어제 아버지가 제 혼처에 대해 말씀하셨어요."

인서의 눈이 조금 커졌다. 인서가 보인 뜻밖의 반응에 화경은 용기를 얻었다.

"그 혼처가 내지인이에요."

"내지인이요?"

"네…."

"아직 혼인할 나이는 아닌 것 같아요. 게다가 일본 사람이라니."

"그러게요. 말도 안 되죠. 사실 전 자유연애주의자, 아니 자유연애를 하고 싶어요. 그렇게 아버지가 정해 준 사람과 혼인하긴 싫다고요. 사진을 봤는데요, 글쎄 삐쩍 말라 가지고 내세울 게 하나도 없다니까요. 저는요 모던보이랑 연애해서 혼인할 생각이에요."

"호호호."

웃는 인서를 보는 건 처음이었다. 화경은 혼자서 재잘거리는 게 조금 부끄러워졌다.

"화경 씨, 참 귀엽네요."

인서가 귀엽다고 말했을 때 햇살이 인서의 볼을 잠깐 스쳐 지나갔다. 정오 무렵이라 직사광선은 아니었다. 뭔가에 반사된 햇살이 인서를 비춘 것이었다. 화경의 눈에 인서가 무척 예뻐 보였다.

"예뻐요."

무심결에 화경의 입에서 나온 말이었다. 인서는 화경을 지그시 바라보며 말을 건넸다.

"짧은 시간에 내가 본 화경 씨는 자신이 하고 싶은 걸 충분히 할 사람으로 보여요. 나와는 다르게 되게 활달하고 적극적이니까요. 화경 씨, 아버지에게 이미 싫다고 말하지 않았나요?"

"네, 맞아요."

"그럼 걱정할 일이 없겠네요. 멋진 모던보이와 연애하고 혼인하면 되니까."

"전 아름다운 모던걸이 되고 싶어요. 선배처럼."

인서가 고개를 가로저었다.

"난 아니에요. 모던걸이 될 자격이 없어요. 이렇게 인형놀음이

나 하고 있으니."

그때 누군가 인서와 화경을 향해 손짓을 했다. 노래가 끝나 가니 빨리 들어오라는 연출 보조의 신호였다. 인서와 화경은 서둘러 스튜디오 안으로 들어갔다.

"비이이~아아~수우우~오."

긴 노래가 드디어 끝을 봤다. 인서는 마이크 앞에 서서 다음 노래를 소개했다. 이 노래가 이번 프로그램의 마지막 곡이었다.

"이번에는 가야금 병창으로 춘향가 가운데 사랑가를 듣겠습니다. 역시 창은 김모란, 고수는 박수칩시다."

인서가 멘트를 하는 사이 연출 보조는 가야금을 재빨리 예기 앞에 놓았다. 고수도 서둘러 자리를 잡았다.

"이리 오너라 업고 놀자 이리 오너라 업고 놀자.

사랑, 사랑, 사랑, 내 사랑이야. 사랑, 사랑, 내 사랑이야.

이야 이이이이 내 사랑이로다. 아매도 내 사랑아."

화경에게도 익숙한 가락이었다. 화경은 자기도 모르게 장단을 맞추었다. 사랑가는 한 번 배워서 불러도 좋을 것 같았다. 기정 앞에서 노래를 부르면 어떨까 잠깐 상상까지 해 보았다. 그러자 화경의 입꼬리가 쓰윽 올라갔다. 그러는 사이에 인서는 다시 스튜디오 밖으로 나갔다. 사랑가도 인서의 발길을 스튜디오에 붙잡아 두지는 못했다. 화경은 인서에 대해 조금 더 알고 싶어졌다. 조금만 더 이야기를 나누면 좋은 선후배 관계가 될 수 있겠다 싶었다.

오후 4시 뉴스를 끝으로 오후 방송이 종료되었다. 다음 야간 방송은 6시에 시작하니까 두 시간 정도 여유가 있다. 아나운서들은 쉬는 시간에 아나운서실에 있거나 다음 출연자를 데리러 가야 한다. 화경은 6시 25분에 예정된 어린이 프로그램의 출연자를 데리러 가야 했다. 첫 방송 출연이라 출연자가 방송국 위치를 모르는 탓이다. 화경은 6시에 큰길에서 출연자를 만나기로 했다.

5시 반쯤 아나운서실에서 나온 화경은 방송국 현관으로 발걸음을 재촉했다. 현관에 다다르자 갑자기 빗방울이 떨어지기 시작했다. 우산이 없어 난감한 노릇이었다. 화경이 발을 동동 구르는 사이에 기정이 화경 옆으로 다가왔다. 기정의 손에는 우산이 들려 있었다.

"화경 양, 나도 출연자 만나러 가는데. 우리 같이 써요."

이렇게 빨리 기정과 단둘이 있게 될 줄은 몰랐다. 화경의 가슴이 콩닥콩닥 뛰었다. 박력 있게 우산을 펴든 기정이 우산 안으로 화경을 불러들였다. 마치 왈츠를 추자며 정중하게 손을 내미는 것과 같았다. 발그스름해진 화경이 기정의 우산 안으로 살포시 들어갔다. 순간 기정의 팔뚝이 화경의 손끝에 닿았다. 화경의 얼굴에 밴 붉은 빛이 더 짙어졌다.

방송국에서 큰길까지는 족히 20분이 걸리는 거리다. 맑은 날

씨라면 20분이 걸리겠지만, 비가 오면 걸음은 느려질 수밖에 없다. 화경은 이 기회를 잘 잡아야겠다고 생각했다. 최대한 느리게 걸으면서 대화를 나눌 참이었다. 먼저 말을 건넨 쪽은 기정이었다.

"방송국 생활 어때요? 괜찮아요?"

화경은 기정을 제대로 쳐다보지도 못하고 얼버무리듯 대답했다.

"그럭저럭요."

기정은 화경의 말을 못 들었다는 듯 다른 소리를 했다.

"봄에 이렇게 비가 많이 오다니. 아이고, 이쪽으로 와요. 거긴 벌써 진흙탕이 되었네."

기정이 화경을 자기 쪽으로 확 잡아끌었다. 화경은 생각보다 강한 기정의 악력에 놀랐지만 내색하지 않았다. 오히려 자기를 보호해 주는 기정에게 고마움을 느꼈다. 기정도 자신처럼 호감을 느끼고 있지 않을까 하여 들뜬 마음이 들었다. 화경은 기정의 속마음을 떠보기로 했다.

"성 선배는 목소리가 참 좋아요."

"아니, 뭘. 그런 걸 다."

"청취자들이 성 선배 앞으로 편지 많이 보내잖아요. 경성방송국 최고의 인기 아나운서니까."

"허허허. 나야 뭐."

기정의 너털웃음은 참으로 호탕했다. 가만 보니 웃을 때 보조개가 생기는 듯 보였다. 왜 평소에는 보지 못했는지 모를 일이었다. 기정의 웃음을 보니 화경의 떨리는 마음도 진정되었다. 화경은 좀 더 공격적으로 질문하기로 했다.

"숙현 선배랑 친하잖아요. 두 분은 원래 아는 사이였어요?"

"아, 숙현이, 아니 숙현 씨는 방송국 들어와서 알게 된 사이예요. 가끔 까페 가서 커피 마시고 그러죠."

"숙현이라고 하신 걸 보니 되게 친한 사이 같아요."

"쬐금."

기정이 화경에게 오른손 엄지와 검지를 들어 보이는 찰나, 자동차가 두 사람 곁을 빠르게 지나갔다. 흙탕물이 튀어 올라 화경을 덮치려는 때, 기정은 화경의 상체를 팔로 감싸서 자기 쪽으로 획 돌렸다. 놀란 화경이 '어머' 하는 소리를 내뱉었다. 흙탕물은 기정의 바지에 온통 달라붙고 말았다. 화경은 얼른 흙탕물 묻은 기정의 바지를 살폈다.

"어떡해요."

기정은 아무렇지도 않다는 듯 손으로 바지에 묻은 흙을 털어 냈다. 안 되겠다 싶은 화경이 자기 손수건을 기정에게 건넸다. 손에 묻은 흙을 닦아 내라는 뜻이었다. 기정은 괜찮다면서 화경이 주는 손수건을 굳이 안 받으려고 했다. 그래도 화경은 물러나지 않았다. 기어코 기정의 손에 자기 손수건을 쥐여 주었다. 생각 같아서는 엄마가 아이 손 닦아 주듯 정성을 쏟고 싶었다. 손을 닦은 기정이 손수건을 바지 뒷주머니에 슬쩍 넣었다.

"이거 미안해서 어쩌죠. 빨아서 드릴게요."

"아니, 제가 더 미안하죠. 저 때문에 바지가 더러워졌는데요."

"무슨 말씀을. 신사라면 당연히 숙녀를 보호해야죠."

기정을 바라보는 화경의 눈에 사랑스러움이 가득 들어찼다.

'역시 성 선배는 완벽한 모던보이야. 이런 남자라면….'

시계를 본 기정이 늦겠다면서 발걸음을 재촉했다. 화경은 치마를 살짝 들어서 기정의 말에 호응했다. 굵었던 빗줄기가 점점 가늘어졌다. 화경과 기정이 큰길에 도착했을 때 비는 그쳤다. 두 사람을 덮었던 우산은 곱게 접혔다. 화경은 짧았던 기정과의 만남이 못내 아쉬웠다. 괜스레 비 그친 하늘을 바라보며 눈을 흘겼다. 하지만 우연한 만남이 쌓이고 쌓이면 마침내 필연이 될 거라 희망했다. 다음 만남을 생각하니 다시 두근두근 가슴이 뛰기 시작했다.

7
창경원 밤놀이 데이트

화경이 데려온 어린이 출연자들은 첫 방송치고 꽤 능숙하게 해냈다. 마이크 앞에서도 떨지 않고 노래를 잘 불렀다. 화경은 그런 아이들을 보며 마이크 앞에 설 자신의 미래 모습을 그려 보았다.

'잘할 수 있을까? 다른 선배들 하는 거 보면 내가 다 떨리던데.'

마이크라는 물건이 하도 요상해서 근처만 가도 가슴이 콩닥거린다. 아무렇지도 않게 노래 한 가닥 쭉 뽑아내는 아이들이 대견스러워 보일 수밖에 없다. 노래가 끝나자 화경은 아이들의 등을 토닥토닥 다독여 주었다. 방송이 끝났지만 또 다른 일이 기다리고 있었다. 어린이 출연자들을 방송국 차에 태워 집까지 데려다주는 일이다. 공 과장은 화경에게 아이들을 데려다주고 나서 퇴근하라고 지시했다. 자기 딴에는 꽤 인심 쓰는 말이었다. 일찍 퇴근시켜 주는 것 같지만, 아이들을 데려다주고 집에 가면 평소 퇴근 시간과 비슷해진다. 아니 더 늦어질지도 모른다. 어쨌든 윗사람이든 아랫사람이든 생색내기 좋아하는 공 과장다웠다 .

화경이 아이들을 데리고 나가려는 참이었다. 경성방송국의 남자 아나운서 현국이 아이들 옆으로 바짝 붙었다.

"녀석들 떨지도 않고 잘 부르네."

화경이 현국을 보며 멋쩍게 웃었다. 현국도 머리를 긁적이며 화경을 바라봤다.

"화경 씨, 혼자 가기 적적하지 않겠어요?"

화경은 대답은 하지 않고 고개를 들어 사무실을 둘러봤다. 기정이 어디 있는지 찾아보는 거였다. 기정은 숙현과 이야기하고 있었다. 뭐가 그렇게 재밌는지 숙현은 기정을 바라보며 호호호 웃었다. 화경은 어린이 출연자들은 함께 데리러 갔던 기정을 떠올렸다. 내심 현국이 아니라 기정이 자기와 함께 아이들을 집에 데려다주기를 바랐다. 화경은 기정과 눈빛을 맞추려고 까치발을 들었다. 그러나 기정의 눈빛은 숙현에게만 향하고 있었다. 기정과 숙현이 마주 보며 쏘아대는 눈빛 사이로 화경이 비집고 들어갈 틈은 보이지 않았다. 어린이 출연자 중 한 명이 화경의 치맛단을 붙들었다.

"안 가요?"

화경은 건성으로 대답하며 고개를 끄덕였다. 시선은 여전히
기정에게 가 있었다.

'같이 데려왔으면 같이 데려다줘야 할 거 아냐?'

왠지 모를 부아가 치밀어 올랐다. 그러고서 현국에게 눈을 흘
겼다.

'당신은 왜 따라온다는 거냐고요.'

화경의 입에서 절로 한숨이 새어 나왔다.

차를 타고 어린이 출연자들의 집에 가는 동안 화경은 현국에
게 한마디도 하지 않았다. 현국이 앞자리에 탔기 때문이기도 하
지만, 현국과 할 얘기가 없었다. 사촌오빠같이 무덤덤하게 느껴
지는 사내에게 도통 매력을 느낄 수 없었다.

차는 창경원 홍화문을 지나자마자 멈춰 섰다. 화경과 현국은
차가 들어갈 수 없는 골목길로 걸어 들어가 아이들을 바래다줬
다. 몇 걸음 되지 않는 골목길이 화경에게 십 리만큼 길게 느껴
졌다. 찻길로 나오는 내내 화경은 하늘만 올려다봤다. 달과 구름
이 앞서거니 뒤서거니 서로 존재를 드러내려 다투고 있었다. 찻
길로 나와 창경원 돌담에 가까워지자 현국이 화경에게 말을 건
넸다.

"창경원 밤놀이 하나 보네요."

창경원 안이 대낮같이 훤했다. 밤 벚꽃놀이는 끝났어도 밤놀
이는 계속되기 때문이었다. 화경은 주변을 둘러봤다. 청춘남녀

들이 홍화문 쪽으로 향하고 있었다. 그러고 보니 화경은 한 번도 창경원 밤놀이에 온 적이 없다. 말 많은 처녀가 여학교를 졸업하기도 전에 밤에 싸돌아다닐 수는 없는 노릇이니까.

'이 아저씨가 지금 나한테 밤놀이 데이트하자고 하는 거야? 어이없네.'

불행한 예감은 꼭 들어맞는 법이다.

"화경 씨, 구경 같이할래요?"

"네?"

화경은 하마터면 소리를 지를 뻔했다. 단춧구멍 같은 현국의 눈이 유달리 커졌다. 사태를 파악한 화경이 계면쩍어했다.

"아니, 그게 아니고요. 그게 말이죠⋯."

손을 배배 꼬며 상황을 수습하려는 화경의 모습이 현국을 더 부끄럽게 만들었다. 현국은 괜한 말을 꺼냈다 싶어 서둘러 화경과 헤어지려고 했다. 그때 누군가 화경의 이름을 불렀다.

"화경아, 너 여기 웬일이야?"

절친인 정신이었다. 화경은 방송국에 다니게 된 뒤로 정신과 만나지 못했다. 정신도 무슨 일을 하느라 바쁜지 화경과 만나지 못했다. 몇 달 동안 둘 사이에는 교류가 없었다.

"야, 박정신!"

화경과 정신은 서로 손을 맞잡았다. 몇십 년 만에 자매 상봉을 하는 듯 무척 반가워했다. 어느 정도 회포를 풀자, 화경의 눈에 정신의 옷차림이 또렷하게 들어왔다. 정신은 형형색색 화려한 조선 여인네의 옷을 입고 있었다. 화경은 고개를 갸웃거렸다. 평소 방송국에서 많이 본 차림이었다. 창가 프로그램의 출연자, 노래하는 기생, 예기의 복장이었다.

"너, 뭐 하고 다니는 거야? 옷차림은 이게 뭐고?"

눈치 빠른 정신이 화경에게 가까이 다가가 화경의 귀에 자기 손을 대었다.

"나, 집 나왔어?"

"뭐?"

현국이 느닷없이 창경원 밤놀이 구경을 같이하자고 했을 때 보인 반응보다 훨씬 컸다. 화경의 얼굴이 달아오르기까지 했다.

"너 기어코 집을 나온 거야? 그깟 가수 되려고?"

정신은 천진난만하게 "응." 하고 대답했다. 곧이어 "미쳤어." 란 비난이 화경의 입에서 튀어 나왔다. 그러고 보니 정신 옆에는 정신과 비슷한 옷차림을 한 여인 둘이 서 있었다. 그들은 분홍색 양산까지 쓰고 있었다. 해는 이미 넘어갔는데 그들은 양산을 뱅뱅 돌리며 정신이 언제 자기들에게 돌아오는지 헤아렸다. 정신이 다시 화경의 귀에 대고 속삭였다.

"가수 선배들이야. 곧 레코드 취입하신다고. 선배들 따라다니면 나도 언젠가."

"야, 정신 차려!"

"어머머머머, 애가 왜 이래. 이렇게 큰길에서."

홍화문 앞을 지나는 사람들이 모두 화경을 바라봤다. 화경은 흥분을 가라앉히려는 듯 입을 꾹 다물었다. 몇 번 숨을 고른 뒤, 정신의 귀에 손을 대고 나지막하게 말했다.

"당장 집에 돌아가. 네 부모님께 말씀드리기 전에."

정신도 질세라 화경의 귀에 대고 으르렁거렸다.

"너 아나운서 아니고 보조라는 거 네 부모님이 아셔? 보조!"

"야."

"또, 또 소리 지른다. 우리 그냥 피장파장이야."

"이게 정말."

"뭐 어쩌라고."

정신이 자기 얼굴을 화경의 얼굴에 들이댔다. 때릴 테면 때려 보라는 몸짓이었다. 정신은 화를 억지로 참는 화경을 보자 더 놀리고 싶어졌다.

"그나저나 옆에 있는 멋진 분은 누구실까? 벌써 연애 시작하셨나?"

정신이 몇 가닥 흘러내린 머리카락을 배배 꼬며 비아냥댔다.

"후우우우."

화경의 입에서 나온 한숨이 제법 길었다. 그러자 옆에 있던 현국이 둘 사이에 끼어들었다.

"반갑습니다. 방송국 동료 최현국이라고 합니다."

방송국이라는 말에 정신의 눈이 커졌다.

"그럼 아나운서예요? 경성방송국의 그 멋진, 모던보이 아나운서?"

"아니, 제가 그 멋진 모던보이는 아니고….'

"화경이 애, 멋진 모던보이랑 연애하는 게 꿈이에요."

화경이 정신의 입을 틀어막으며 홍화문 돌담 쪽으로 정신을 몰아 붙였다. 정신의 등이 돌담에 닿자 화경은 정신의 팔을 비틀었다. 정신의 입에서 '악' 하는 신음이 새어 나왔다. 화경은 아랑곳하지 않고 더 세게 정신의 팔을 꼬집었다. 정신이 화경의 손을 치며 그만하라고 소리쳤다. 화경은 금방 손아귀 힘을 풀지 않았다. 입을 꽉 다물며 정신을 노려봤다.

"박정신, 네 부모님께는 이르지 않을 테니까 그냥 가던 길 가라."

정신은 보기 좋게 화경의 손을 자신의 팔뚝에서 떨어냈다.

"호호호, 너 재주 좋다. 벌써 잘생긴 남자 아나운서에게 연애 걸고."

"조용히 안 해! 저 아저씨는 모던보이도 연애 상대도 아니라고!"

"아닌데, 왜 창경원 앞을 서성거리시냐? 여기 봐. 창경원에 데이트하러 온 사람 천지잖아. 하여튼 얌전하고 정숙한 척하는 것들이 더하다니까."

정신이 혀를 쭉 내밀며 화경을 놀려 댔다. 화가 난 화경은 불끈 쥔 주먹을 정신의 얼굴 앞에 들어 보였다. 여차하면 한 방 먹일 태세였다. 위험을 느낀 정신은 재빨리 고개를 돌려 현국 쪽을 바라봤다. 현국은 화경과 정신이 살벌하게 이야기하는 모습을 걱정스러운 얼굴로 지켜보고 있었다. 화경은 쥐었던 주먹을 스르르 풀었다. 정신보다 키가 작은 화경이 까치발을 들어 정신의 얼굴에 자신의 얼굴을 들이댔다.

"좋아, 우리 그냥 가던 길 가자."

"그래, 좋아."

화경의 분은 풀리지 않았다. 여학교 내내 있는 말 없는 말, 비밀 없이 온갖 얘기를 나누던 정신이 이상하게 변해서 짜증이 났다. 한편으로 걱정이 되었다. 나쁜 길로 들어선 건 아닐까 하는 염려였다.

"그나저나 너 어디 가는 거야?"

정신은 '흥' 하고 콧방귀를 뀌었다.

"나야 뭐, 선배들하고 놀러 가지."

"어디로 놀러 가?"

"야, 네가 우리 엄마니? 왜 꼬치꼬치 물어보는 거야?"

"우리 친구잖아."

"그래 친구지. 하지만 내가 어디로 놀러 가는지 알 필요는 없어."

"이게 정말."

화경이 다시 주먹을 쥐었다.

"또 때리려고? 나 신경 쓰지 말고 어서 데이트나 하셔."

정신은 치맛단을 살랑거리며 기생 일행에 합류했다. 손가락을 요란스럽게 까닥거리면서 화경에게 작별 인사를 건넸다. 화경이 보기에도 영락없는 화류계 기생의 모습이었다. 어쩌다 저렇게까지 볼품없이 전락한 건지 화경으로선 알 수 없었다.

'도대체 요 몇 달 동안 무슨 일이 있었던 거지? 정신이 쟤 정말 가수가 되려는 거야? 어지럽다.'

화경을 어지럽게 하는 건 정신만이 아니었다. 현국은 아직도 화경 옆에 남아 있었다. 정신이 인파 사이로 들어가 보이지 않게 된 뒤, 현국이 화경에게 다가갔다.

"안색이 영 안 좋아 보여요. 괜찮아요?"

무덤덤한 말투로 들렸지만 화경에게 조금이나마 위로가 되었다. 답답하기만 했던 화경의 속을 살갑게 달래 주는 것 같았다. 화경은 체념한 듯 "괜찮아요." 하고 대답했다.

"혼자 집에 돌아가도 괜찮겠어요?"

그런 기분으로 집에 돌아가면 제대로 쉬지 못할 게 뻔하다. 화경은 어떻게든 기분을 바꾸고 싶었다.

"창경원 구경 가요."

뜻밖의 말에 현국은 약간 의아해했다. 현국이 다시 괜찮겠냐고 화경에게 물었다. 화경은 고개를 가볍게 끄덕였다. 현국과 그냥 집으로 돌아가는 것보다 현국과 창경원 구경하러 가는 게 나을 것 같았다.

창경원 안은 벌써 사람들로 북적거렸다. 장사치들도 좌판을 벌이고 있어 장날 같은 분위기가 묻어났다. 문득 정신과 밤 벚꽃놀이 구경을 하러 온 때가 떠올랐다. 말괄량이지만 순수하던 정신의 모습이 살짝 스쳐 지나갔다.

"잠깐 산보나 할까요?"

식물원이나 동물원에 구경 갈 분위기는 아니었다. 조용히 산보를 하면서 생각을 정리할 때였다. 몇 걸음 가자 현국이 화경에게 조심스럽게 물었다.

"아까 만난 친구랑 아주 친한가 봐요."

"네. 여학교 다닐 때부터 친했어요."

"그렇군요. 정말 친해 보였어요."

대화는 더 이어지지 않았다. 화경은 '친한 게 뭘까?' 하며 생각에 잠겼다. 말 없는 산보는 다시 계속되었다. 저녁 봄바람이 살갑게 불어왔다. 현국이 머리를 쓸어 넘기며 말을 꺼냈다.

"화경 씨 화내는 모습 처음 봐요."

"네. 방송국에서는 제가 막내니까 화를 낼 수는 없죠."

현국은 수긍하는 뜻으로 고개를 끄덕였다. 화경과 현국은 말

없이 몇 걸음 더 나아갔다. 산보가 계속되자 홍화문 앞을 가득 메우던 와자지껄한 분위기는 잦아들었다. 어느새 화경과 현국은 봄밤의 달빛을 받으며 한적한 오솔길로 들어섰다. 오솔길은 어둡지 않았다. 나뭇가지에 걸린 작은 불빛들이 그들의 머리를 비추었다.

산새 소리가 화경과 현국 사이에 스며든 적막함을 깼다. 화경은 자기 마음을 달래 주려는 현국에게 약간 고마움을 느꼈다.

"최 선배님."

아까보다 훨씬 활기찬 목소리였다. 현국이 고개를 돌려 화경을 내려다봤다.

"고맙습니다."

"뭘요. 제가 찰거머리처럼 화경 씨 옆에 붙어 있지는 않나 싶어 미안한걸요."

"찰거머리라뇨. 절대 아니에요."

화경이 손사래를 쳤다. 지나치게 세게 친 나머지 휘잉 바람 소리가 났다.

"다행이네요. 실례가 안 된다니."

대화가 다시 끊기려는 순간, 화경이 현국에게 평소 궁금해하던 것을 물었다.

"일본 유학 갔다 오셨잖아요. 그런데 대학은 왜 중퇴하셨어요?"

현국이 적잖게 당황했다. 자신이 일본의 명문 와세다 대학을 중퇴했다는 건 공 과장 이상 임원들만 알기 때문이다. 방송국의 막내 화경의 귀까지 그 사실이 들어갔다면 방송국의 모든 사람이 다 안다는 거였다. 입이 가벼운 공 과장을 소문의 진원지로 지목할 수밖에 없다. 그러나 현국은 공 과장에게 화를 낼 생각을 하지 않았다. 오히려 홀가분해졌다고 여겼다.

"음… 뭐랄까요, 그냥 공부하기가 싫었어요."

화경은 전혀 이해할 수 없었다. 정신이 기생이 되어 가수가 되려는 것만큼 현국의 대답은 너무 엉뚱했다.

"와세다 대학은 아무나 갈 수 없는 데잖아요."

"맞아요. 아무나 갈 수 없죠. 그런데 아무나 가서는 안 되는 곳이기도 해요."

"네?"

"그 대학에 다녀야 할 이유를 찾을 수 없었어요. 분명한 목적을 가지고 입학한 게 아니었으니까요. 차마 부모님 말씀을 거역할 수 없었어요."

"무슨 말인지 잘 모르겠어요."

"그래요, 이해할 수 없겠죠. 그런데 아까 화경 씨 친구 보니까 그 친구가 저보다 훨씬 나아 보여요. 화경 씨 친구는 가수가 되겠다는 확실한 목표를 갖고 있잖아요."

"말도 안 돼요. 걘 완전히 이상하게 변한 거라고요."

현국의 입가에 옅은 웃음이 맺혔다.

"일본에 건너가기 전까지 제가 생각한 일본은 서구처럼 문명이 발달한 선진국이었어요. 우리 조선이 문명이 뒤처져 일본에 병합된 거라 굳게 믿었죠. 그런데 막상 가서 경험해 보니 그 생각이 잘못됐다고 깨달았어요. 물론 일본의 문명이 우리보다 앞선 건 사실이에요. 우리보다 먼저 서양 문명을 받아들였으니까요. 그렇지만 정신까지 우리를 앞선 건 아니죠. 명문대 교수들과 학생들에게서 본 건 통제하고 조절하지 못하는 욕망뿐이었어요. 동경 거리거리마다 넘쳐나는 질 좋은 물건들, 그 물건들의 주인이 모든 사람이 될 순 없지요. 적어도 내지인들은 그 물건들의 주인이 될 수 있어요. 반면에 우리 반도인, 그리고 대만인과 만주인은 결코 주인이 될 수 없죠. 화려한 네온사인과 데파트, 멋들어진 공연, 서양 건축 양식으로 굳건히 세운 건물들 다 부질없어 보였어요. 그래서 잠깐이나마 유학생 모임에 나가 사상 학습을 하고 조선의 독립을 주제로 토론했죠. 하지만 그것도 무의미했어요. 지금으로선 그것도 모래 위에 집짓기, 사상누각이니까요."

"독립이라고요?"

화경은 얼른 주변을 돌아봤다. 혹시라도 순사들이 순찰을 돌고 있지 않을까 두려워서였다. 현국의 말을 들었다면 큰일이었다.

"괜찮아요. 순사 따위는 없어요. 어쨌거나 저는 이것도 저것도 아닌 회색분자가 되었답니다. 동굴 속에나 사는 박쥐가 된 셈이죠. 하하하."

화경에게서 더는 말이 나오지 않았다. 현국의 말이 무슨 뜻인지 이해할 수 없어서이고, 평소와 다른 현국을 봤기 때문이기도 했다. 사탕같이 달콤한 기정의 말과 달리 현국의 말은 퍽퍽한 고구마 같았다. 오솔길의 끝에서 현국은 발길을 돌렸다. 이제 집으로 돌아가야 할 때가 되었다는 뜻이었다. 둘의 발걸음은 출발 지점인 홍화문으로 향했다. 화경은 괜히 현국과 창경원에 왔다며 후회했다.

'참 재미없는 사람이야. 저런 남자랑 연애하면 너무 피곤하겠어.'

화경은 서둘러 집에 가고 싶었다. 밤이 빨리 지나가면 좋겠다 싶었다. 내일 아침 출근길에 보게 될 기정의 환한 미소 하나만 생각했다.

8
토막촌에 뜬 초승달

"다녀왔습니다."

대문을 들어선 화경이 안방에 대고 인사를 했다. 화경의 어머니가 안방에서 버선발로 달려와 사랑채를 가리키며 '쉿' 소리를 냈다. 누군가 사랑채에 왔다는 신호였다. 화경은 어머니에게 살짝 다가가 귓속말로 물었다.

"누가 왔어요?"

어머니가 인상을 잔뜩 찌푸렸다. 와서는 안 될 사람이라는 표정이었다.

"김포 마름 김 서방."

"아니, 애선이 아버지가 웬일로 또 왔대요?"

어머니가 화경을 안방으로 데리고 들어갔다. 어머니는 '끙' 소리를 내며 방석에 앉았다.

"마름 놈 주제에 말이야. 제 분수를 알아야지."

화경이 어머니 쪽으로 몸을 숙이며 다시 물었다.

"또 돈 달라고 온 거예요?"

"말도 마라. 종놈에게 그 정도 은혜를 베풀어 줬으면 됐지. 뭘
또 받으러 온 건지."

"애선네가 살기 어렵나 봐요."

"어렵긴 뭐가 어려워. 아랫것들이 그 정도 살면 됐지. 하여튼
욕심만 많아 가지고. 처음부터 잘해 주면 안 되는 건데, 저 양반
이 인정에 약해서. 쯧쯧쯧."

어머니는 손가락으로 사랑채를 가리키며 혀를 끌끌 찼다. 한
숨을 여러 번 내쉬다가 화경을 보며 눈을 동그랗게 떴다.

"아참, 히데오 아들이 경성에 왔다고 하더라. 한 번 만나보는
게 어떠냐?"

"네?"

빼빼 마르고 볼품없는 내지인 남정네, 화경의 아버지가 화경
과 정략혼인 시키려는 사내다. 화경의 눈에서 불꽃이 튀었다.

"어머니! 그 사람과는 절대 혼인 안 한다고요."

"에구머니나 귀 떨어지겠네. 나 아직 귀 안 먹었어."

"싫다는데 왜 자꾸 그러시는 거냐고요."

어머니가 화경의 팔을 툭 내리쳤다.

"이 철없는 것아, 다 널 위해 그러는 거야. 남자 얼굴 파먹고 살일 있어, 재산 보고 사는 거지. 재산이 있어야 사람답게 사는 거야. 허여멀건 하니 잘생긴 놈 만나 살아 봐야 평생 고생만 한다고. 잘생긴 놈들은 잘생긴 값을 꼭 한다니까. 평생 마음고생 하지않으려면 웬만하게 사는 집안 남자랑 혼인해야지. 혼인은 집안끼리 합치는 거야. 이 만석 같은 재산 누가 지켜주겠니? 우리 집에는 아들도 없이 너 혼잔데 말이야."

화경의 입이 쭉 삐져나왔다.

"그래도 히데오 아들은 아니에요. 웬만하지가 않다고요. 게다가 내지인이라니 말도 안 통한데 어떻게 살겠어요."

"말이 안 통하긴. 화경이 네가 일본어 할 줄 아는데 뭐가 문제야. 어차피 일본이랑 조선이 한 나라니까 상관없잖아. 나중에는 조선인도 모조리 일본어 할 텐데 뭘. 그깟 말 따위가 뭔 대수냐?"

화경은 자신의 어머니가 이렇게까지 돈을 밝히고 일본을 추종하는지 몰랐다. 딸의 행복 따위는 아랑곳하지 않고 집안의 미래만 생각하는지도 몰랐다. 화경은 뭔가 불행한 일이 벌어지는 건아닐까 염려되었다. 어머니는 정말 자기와 히데오의 아들을 혼인시킬 참이었다. 오히려 아버지보다 의욕이 넘쳐 보였다. 어머니와 더 얘기를 해 봐야 득 될 것이 없었다. 화경은 빨리 안방에서 나가야겠다고 생각했다.

"제 방에 건너가 쉴게요."

문을 열고 나가는 화경의 등에 대고 어머니가 자못 근엄하게 말했다.

"명심해. 히데오 아들과 혼인해야 한다는 거. 안 그러면 우리 집안도 온전치 못하게 되는 거야. 폭삭 망할 수 있다고."

화경은 아무 말 없이 안방을 나갔다. 성질 같아서는 정말 싫다고 소리치고 싶었지만 꾹 참았다. 대청마루를 지나 자기 방에 가려는 순간, 사랑채에서 큰 소리가 났다.

"김 서방, 이게 뭐 하는 짓이야."

화경의 아버지 목소리였다. 화경은 대청마루에서 내려가 사랑채로 향했다. 사랑채 앞 댓돌에는 김 서방이 짚고 온 지팡이가 놓여 있었다. 화경은 사랑채 문에 귀를 대고 아버지와 김 서방의 대화를 엿들었다.

"제 감옥살이 값이 고작 이겁니까? 제 다리 한 짝 값이 이거밖에 안 돼요?"

탁탁거리며 방바닥 두드리는 소리가 났다. 화경은 문에 귀를 더 바짝 댔다.

"이봐, 김 서방. 날 협박하는 건가? 이러면 순사를 부를 수밖에 없어."

"부르세요. 그럼 저도 가만있지 않을 겁니다."

"가만있지 않으면 어쩔 건데."

"순사에게 사실을 모조리 다 알릴 겁니다. 그날 밤 김포에서 있었던 일 전부요."

"허허, 이놈이 어디 있지도 않은 일로 상전을 위협하는 거야?"

"상전이요? 양반 상놈 없어진 지가 언젠데 아직도 상전 타령입니까?"

"이놈이 정말 제정신이 아니군. 박 서방, 개 있느냐?"

아버지가 덩치 좋은 박 서방을 불렀다. 지난번처럼 박 서방을 시켜 김 서방을 쫓아낼 작정이었다. 그런데 박 서방은 어디 갔는지 빨리 뛰어오지 않았다. 이윽고 '흐음' 하는 소리가 들렸다. 화경은 이상한 낌새를 느꼈다. 곧바로 사랑채 문을 열어젖혔다. 김 서방이 아버지의 입을 틀어막으며 주먹을 흔들고 있었다. 놀란 화경이 김 서방에게 소리쳤다.

"아저씨!"

김 서방은 아버지의 입을 틀어막은 손을 재빨리 뺐다. 흔들던 주먹은 주머니 속에 집어넣었다. 화경이 아버지 곁으로 다가가 아버지의 얼굴을 살폈다. 다행히 아무 이상이 없었다. 화경은 김 서방을 노려보며 말했다.

"왜 이러시는 거예요?"

김 서방은 화경을 똑바로 바라보지 못했다. 쭈뼛쭈뼛 대며 방바닥과 병풍만 차례로 바라봤다. 그러더니 불편한 오른 다리를 일으켜 세웠다.

"애기씨와는 할 말 없어요."

김 서방은 일어서려다 옆으로 '쿵' 하고 넘어졌다. 잔뜩 얼굴을 구긴 김 서방은 '끙' 소리를 내며 다시 일어났다. 문밖으로 절뚝 거리며 나가는 품새가 무척 위태로웠다. 김 서방이 지팡이를 짚 으려는 때에 박 서방이 헐레벌떡 달려왔다. 박 서방과 김 서방이 서로 마주 봤다. 박 서방은 이내 입술을 굳게 다물면서 손바닥에 침을 퉤퉤 뱉었다. 한바탕 싸움이라도 벌이려는 참이었다. 화경 이 그 모습을 보며 박 서방을 말렸다.

"그냥 가게 놔두세요."

김 서방은 화경과 아버지가 있는 사랑채를 한 번 스윽 보고 나 서 대문으로 향했다. 밑단이 다 해진 무명바지와 여기저기 기워 낸 웃옷을 입고 벙거지를 쓴 김 서방은 길거리에서 쓰레기와 고 물을 줍는 넝마주이와 다르지 않았다. 화경은 그 모습이 불결하 게 보였다. 김포 살 적에 소작인들에게 호령하던 김 서방이 아니 기 때문이었다.

"아이고 머리야."

아버지는 머리가 아프다며 자리에 누웠다. '아이고 아이고' 소리와 함께 '저런 미친개 같은 놈'을 신음처럼 연발했다. 화경 은 아버지에게 이불을 덮어 주고는 사랑채에서 나왔다. 그러고 는 김 서방이 걸어간 길을 따라 대문으로 향했다. 대문을 살짝 열자 김 서방의 뒷모습이 눈에 들어왔다. 김 서방의 걸음걸이는 여느 사람보다 느릴 수밖에 없었다. 화경은 김 서방을 따라가기

로 했다. 김 서방이 왜 아버지를 자꾸 찾아오는지 궁금하고, 그
날 밤 김포에서 있었던 일이 궁금하고, 무엇보다 애선이 어떻게
사는지 궁금했다.

전차가 다니는 큰길에서 김 서방은 전차에 올라탔다. 느리게
올라타는 김 서방에게 전차 차장이 면박을 줬다. 화경은 앞쪽 출
입문으로 전차에 올랐다. 다행히 전차에는 사람이 많았다. 김 서
방은 전차 끝에 서 있었다. 지팡이를 짚고 있었지만 아무도 자리
를 비켜 주지 않았다. 화경은 운전수 뒤에 바짝 붙어 서 있었다.
김 서방은 전차 안쪽으로 얼굴을 돌리지 않았다. 화경은 조마조
마했다. 만약 김 서방이 고개를 돌려 화경을 알아차린다면 그만
큼 난감할 일도 없을 터였다. 화경은 김 서방에게 들키지 않으려
고 자기보다 키가 큰 아줌마 뒤에 섰다.

전차는 종로통을 지나 사람들을 태우고 내렸다. 종점인 동대
문까지도 승객은 줄지 않았다. 종점이니 모두 내리라는 차장의
말에 김 서방은 그제야 몸을 움직였다. 사람들에 휩쓸려 전차에
서 내린 김 서방은 주위를 둘러봤다. 화경은 머리에 짐을 진 여
인의 뒤를 따라 전차에서 내렸다. 그러고는 재빨리 건물 사이로
숨어들었다. 화경은 숨을 헉헉 대면서도 김 서방을 향한 시선을
거두지 않았다.

길을 잡은 김 서방이 지팡이를 천천히 들어 한 걸음 앞에 내

려놓았다. 화경이 다시 김 서방의 뒤를 따를 때가 되었다는 뜻이었다. 김 서방은 경성운동장(옛 동대문운동장)을 지나 광희문 쪽으로 걸어갔다. 광희문 누각 위로 초승달이 떠오르고 있었다. 광희문을 지나자 낮은 집들이 나타났다. 김 서방은 싸전(쌀가게) 앞에 멈춰 서서 잠시 숨을 골랐다. 화경은 싸전 건너편 전신주 뒤로 몸을 숨겼다. 김 서방은 주머니에서 꾸깃꾸깃해진 돈을 꺼내들었다. 화경의 아버지를 위협하여 뜯어낸 돈이 틀림없었다. 싸전 주인은 모래알같이 거친 소금 몇 줌과 누렇고 검은 좁쌀 두어 되를 김 서방에게 건넸다. 김 서방이 덤을 달라고 사정하자 싸전 주인은 호통을 쳤다.

"이것도 많이 준 거요. 얼른 가져가시오."

싸전 주인이 가게 안으로 들어갔어도 김 서방은 쉽게 발걸음을 떼지 못했다. 말라비틀어진 조기 토막이 김 서방의 눈에 꽂혔다. 김 서방은 조기를 보며 입맛을 다졌다. 급기야 주인장을 불렀다.

"주인장, 이 조기 토막은 얼마요?"

주인장이 다시 얼굴을 내밀었다. 짜증이 잔뜩 묻어 대답조차 하기 싫은 얼굴이었다.

"2원이요."

"2원요? 무슨 조기 토막 하나가 2원이나 하오?"

"돈 없으면 가오."

싸전 주인은 다시 가게 안으로 휭하니 들어갔다. 김 서방은 소금과 좁쌀을 담은 보따리를 지팡이에 꽁꽁 묶고 나서 앞을 바라봤다. 화경도 김 서방을 따라 앞을 바라봤다. 가파른 오르막길이 화경과 김 서방 앞에 펼쳐져 있었다. 화경은 침을 꿀떡 삼켰다.

절름발이 김 서방이 오르막을 오르기 시작했다. 한두 사람 걸어 다닐 만큼 좁은 길을 김 서방은 숨을 헐떡이며 올랐다. 그야말로 산길이었다. 나무 하나 없는 민둥산. 화경은 그런 곳에 집이 있을 리가 없다고 짐작했지만, 그건 뭘 모르고 한 생각이었다. 얼마 지나지 않아 토막 하나가 나타났다. 사방에 거적때기를 둘러싸고 지붕을 양철판으로 덮어 어떻게 봐도 집이라 할 수 없었다. 똥 냄새, 오줌 냄새가 코를 찔렀다. 화경은 성급히 코를 쥐어 잡았다. 김 서방은 냄새가 역한 줄도 모르고 꾸역꾸역 오르막을 올랐다.

몇 걸음 더 가자 토막이 무더기로 나타났다. 길 양편에 토막이 줄지어 늘어서 있었다. 어림잡아 보아도 쉰 채 남짓 되었다. 토막 밖으로 나온 사람은 하나도 없었다. 모두 산짐승처럼 토막 안에 숨어 있었다. 그도 그럴 것이 공동묘지를 파헤치고 토막을 지었기 때문이다. 똥 냄새, 오줌 냄새에 음식 썩는 냄새까지 진동했다. 두 손가락만으로 막을 수 있는 냄새가 아니었다. 화경은 손수건을 꺼내 들었다.

김 서방의 발걸음이 느려졌다. 그래도 김 서방은 멈추지 않았다. 하늘 한 번 보고 땀 한 번 닦으며 길을 재촉했다. 마침내 김 서방은 산꼭대기에 홀로 있는 토막 앞에 멈췄다. 김 서방의 지팡이가 땅에 박힌 것을 본 화경은 다른 토막 뒤로 숨었다. 땅이 온통 진흙이라 발이 푹푹 빠졌다.

김 서방은 지팡이에 묶은 보따리를 풀면서 토막을 향해 외쳤다.

"애들아, 아버지 왔다."

화경의 가슴이 콩닥콩닥 뛰었다. 김 서방이 불러낼 애 중에 애선이 있기 때문이었다. 이윽고 출입문으로 삼는 거적때기가 대각선으로 열렸다.

"아버지."

얼굴을 보인 아이는 애선이 아니었다. 애선의 여동생 애순이었다. 애선은 가슴을 쓸어내렸다.

"아버지 어서 오세요."

귀에 익은 목소리였다. 애순 뒤에 이어 나온 아이는 바로 애선이었다. 화경은 자기도 모르게 '하아' 하는 소리를 내뱉었다.

"아비가 소금이랑 좁쌀이랑 사 왔다. 저녁 해 먹자."

김 서방이 건네주는 보따리를 애선이 받으려 했다. 그런데 애선의 오른손에 붕대가 감겨 있었다. 손을 다친 애선을 대신해 애순이 보따리를 받았다. 애선이 김 서방을 미안해하는 듯 쳐다봤다.

"왼손은 괜찮은데."

김 서방은 애선의 머리를 쓰다듬으며 웃음을 지어 보였다. 실로 오랜만에 보는 애선 아버지의 웃음이었다.

"괜찮긴. 다 나을 때까지 조심해야지. 자 들어가자."

애선이 거적때기 문을 잡는 사이 애선의 아버지는 어기적거리며 토막 안으로 들어갔다. 애선도 토막 안으로 들어가려다 그만 거적때기 문을 놓쳤다. 애선은 문을 열어젖히려고 왼손을 뻗었다. 그러나 오른손잡이라서 왼손에 힘이 들어가지 않았다. 거적때기 문은 조금 열리려다 다시 원상태로 돌아갔다.

토막 뒤에 숨은 화경은 먹먹했다. 얼른 애선을 도와줘야겠다고 생각했다. 한쪽 다리를 들어 애선네 토막으로 가려다가 그만 진흙 바닥에 푹 하고 쓰러지고 말았다.

"아얏."

갑자기 난 소리에 애선이 고개를 돌렸다. 애선과 화경의 눈이 서로 마주쳤다. 화경이 먼저 애선을 불렀다.

"애선아."

애선은 긴가민가한 얼굴로 화경에게 다가왔다. 초승달이 뜬 밤이라 주위가 밝지 않았다. 애선은 낯선 사람 대하듯 조심스럽게 걸음을 옮겼다. 화경은 일어서려고 진흙 바닥에 두 손을 대었다. 물컹한 뭔가가 손에 잡혔다.

"으악!"

넘어졌을 때 소리보다 컸다. 애선은 흠칫 놀라면서도 서둘러 화경에게 달려왔다. 애선이 넘어져 있는 화경을 발견했다.

"윤화경?"

"응. 나 화경이야."

"네가 여기에 왜?"

화경은 애선의 아버지를 뒤따라왔다고 차마 말할 수 없었다. 그냥 자기를 일으켜 달라고 했다. 진흙더미에서 일어난 화경은 손을 툭툭 털더니 곧바로 화경을 껴안았다.

"미안해, 애선아. 네가 이렇게 어렵게 사는 줄 몰랐어."

느닷없이 나타난 옛 동무의 포옹이 애선을 당황스럽게 했다. 그래도 화경의 품은 엄마 품처럼 따뜻했다. 애선의 눈에서 눈물이 또르르 흘러내렸다. 화경의 어깨도 들썩거렸다. 화경의 눈에서 흐른 눈물은 애선의 낡은 옷 위로 떨어졌다. 이곳저곳 헝겊을 덧 대어 기운 데 투성이인 애선의 옷은 화경의 안타까움을 더하게 만들었다. 화경과 애선은 한참 동안 눈물을 흘리며 다시 만난 것을 기뻐했다.

눈물이 잦아들 즈음, 화경이 애선의 오른손을 가리키며 물었다.

"손은 어떻게 된 거야? 혹시 제사공장에서?"

애선이 가볍게 고개를 끄덕였다. 화경의 눈에 다시 눈물이 맺혔다. 애선은 제사공장에서 화경을 보고 모른 척한 일을 고백

했다.

"공장에서 비단 들고 나를 때 네가 온 줄 알았어. 내 부끄러운 모습 보이기 싫어서 달리다가 그만."

"그랬구나. 난 네가 날 못 알아본 줄 알았어. 내가 네 이름 불렀어도 넌 바라보지 않았잖아. 그런데 손은 어쩌다 다친 거야?"

"원래 옷감 나르는 일만 하는데, 공장 안에서 기계 돌리는 여직공이 모자라서 공장 일까지 하게 됐어. 기계 돌리다가 그만 손이 딸려 들어가서… 난 숙련공이 아니니까."

"어유, 어떡해 어떡해."

화경은 때가 잔뜩 묻고 너덜너덜해진 애선의 붕대를 정성껏 쓰다듬었다.

"괜찮아. 손가락 마디 하나 잘리긴 했어도 금방 아무니까 괜찮을 거래."

화경이 다시 울음을 터뜨리면서 애선을 끌어안았다. 안는 것만으로 잘린 손이 다시 생겨날 수 있다면 좋겠다 싶었다. 화경은 용솟음치는 가슴이 진정될 때까지 애선을 품에 안았다. 어느새 초승달이 화경과 애선의 머리 위를 지나고 있었다. 밤이 무르익어 갈수록 애선을 향한 화경의 안쓰러움은 깊어만 갔다.

9
사라진 노라와 인형의 집

　신당리 토막촌에서 애선을 만나고 난 이틀 뒤에 화경은 다시 애선의 집을 찾았다. 애선은 화경이 들고 온 쌀과 고기를 한사코 받으려 하지 않았다. 몇 번 실랑이하다 화경은 쌀과 고기를 두고 애선의 집에서 도망치듯 빠져나왔다. 사실 화경은 4년 전 김포에서 있었던 일을 알고 싶었지만, 기회가 닿지 않았다. 손이 아픈 애선에게 그때 일을 묻는 건 친구에 대한 예의가 아니었다. 애선의 아버지가 다시 자기 집에 올 때 그 일에 관해 묻기로 했다. 애선의 아버지가 오지 않는다면 박 서방에게라도 물어보기로 했다. 중요한 건 애선이가 얼른 나아서 다시 일하러 가는 거였다. 돼지우리 같은 토막에서 벗어날 길은 그것밖에 없었다.

　화경이 애선의 집에 다녀온 다음 날 아침, 경성방송국 제2방송과 조회 시간에 명인서가 나타나지 않았다. 공 과장은 애가 타는지 담배만 피워 댔다. 그는 급기야 사환 아이를 불렀다.

"명인서 아나운서가 사는 집이야. 잘 찾을 수 있겠지?"

이제 막 한글을 뗀 앳된 사환 아이가 머리를 긁었다. 허연 비듬이 후드득 떨어졌다. 공 과장은 자기 소매에 붙은 비듬을 털어 내며 사환 아이의 머리를 쥐어박았다.

"이놈아, 머리 좀 감으라니까. 아무튼 눈썹이 휘날리도록 뛰어갔다 와. 어디가 아픈 건지, 아픈 게 아니라면 왜 출근을 안 하는지 알아 오란 말이야. 알았지?"

사환 아이는 눈물을 글썽거리면서 곧장 출입문을 향해 냅다 뛰었다. 너무 긴장한 나머지 사환 아이는 문고리를 헛돌렸다. 보다 못한 화경이 문을 열어 주었다. 공 과장은 의자에 털썩 주저앉으면서 사환 아이를 욕했다.

"저 저 저, 저렇게 아둔한 놈을 사환으로 뽑아 놨으니. 나 원 참. 속 터져 죽겠네."

공 과장 옆에 앉은 기정이 갑자기 일어나더니 공 과장 등 뒤로 다가갔다. 기정은 두둑두둑 손가락 마디를 풀고 나서 공 과장의 어깨 위에 두 손을 얹었다.

"과장님, 제가 어깨 좀 풀어드리겠습니다."

일그러졌던 공 과장의 얼굴이 스르륵 펴졌다.

"역시 기정 씨밖에 없구먼. 내 마음을 알아주는 건 기정 씨뿐

이야."

기정의 입이 귀에 걸렸다.

"하하하, 과찬이십니다요."

기정의 호탕한 웃음을 보고 있던 화경도 슬며시 웃음을 지었다. 남자다운 기정의 웃음에 반한 여자는 화경만이 아니었다. 숙현의 입꼬리도 스윽 올라가 있었다. 화기애애한 제2방송과 사무실, 웃음기 가득한 분위기는 얼마 지나지 않아 급변했다. 인서의 집에 다녀온 사환 아이가 사무실 문을 열어젖힌 것이다. 사환 아이는 숨 돌릴 틈도 없이 공 과장에게 소리쳤다.

"댁에 안 계세요, 헉헉."

공 과장이 의자에서 벌떡 일어섰다.

"뭐? 집에 없다고? 어디 갔대?"

"모른대요. 아무 말도 하지 않고 나갔대요."

"나가? 집을 나갔다고? 허허허."

공 과장은 실성한 사람처럼 헛헛대며 실없이 웃었다. 사무실에 모여 있는 숙현과 현국, 화경은 놀라서 입을 다물지 못했다. 그러다 숙현이 사환 아이의 팔을 붙잡으며 꼬치꼬치 물었다.

"인서 씨 남편은 뭐래?"

사환 아이는 눈을 말똥말똥 뜨며 화경을 바라봤다. 숙현이 다시 사환 아이에게 물었다.

"남편은 집에 있었어, 없었어?"

사환 아이가 고개를 절레절레 흔들었다.

"남편분이 누구신지 전 몰라요."

정말 모르는 눈치였다. 숙현은 뭔가를 아는 듯 야릇한 표정을 지었다. 공 과장은 사환 아이를 내보내고 나서 아나운서들을 모두 모이게 했다.

"비상 상황이야. 당장 한 시간 뒤에 인서 씨가 방송을 해야 하는데 이를 어째?"

기정이 기발한 생각이 났다는 듯 손가락을 튕겼다.

"그야 뭐, 숙현 씨가 하면 되지 않겠어요, 과장님."

"이 사람아, 숙현 씨는 오늘 제1방송(일본어 방송) 지원 나가야 해. 거기 빵꾸 내면 큰일 나."

공 과장은 손가락으로 자기 목을 그었다. 제1방송에 사고가 나면 자기 자리가 위태로워질 수 있다는 뜻이었다. 늘 나서기 좋아하는 기정은 풀이 죽어 몸을 움츠렸다. 침묵은 몇 분 정도 계속되었다. 누구도 나서서 의견을 말하는 사람이 없었다. 공 과장은 자꾸 시간을 쳐다봤다. 방송 시작까지 남은 시간은 40분이었다.

공 과장이 제1방송과로 도움을 청하려 사무실을 나서는 순간, 현국이 공 과장을 불러 세웠다.

"과장님, 화경 양이 대신하면 어떻겠습니까?"

문고리를 잡고 있던 공 과장이 고개를 돌렸다. 눈과 입이 코로 잔뜩 몰려 있었다. 공 과장은 화경을 바라봤다. 현국의 제안에 화경도 놀라서 할 말을 잃은 상태였다. 공 과장이 팔을 휘적대며 화경에게 다가갔다. 화경은 자기도 모르게 침을 꼴깍 삼켰다.

"할 수 있겠어? 인서 씨 대신할 수 있겠냐고."

"네?"

화경은 마이크 앞에 서서 방송할 때를 까마득한 미래라고 여겨 기대도 하지 않았다. 그런데 인서를 보조한 지 몇 달 지나지 않아 기회가 왔다. 갖가지 생각이 화경을 혼란스럽게 했다.

'명 선배처럼 떨지 않고 덤덤하게 멘트를 소화할 수 있을까?'

어린이 출연자가 마이크 앞에 섰을 때 오히려 긴장한 사람은 화경이었다. 화경은 아직 자신감이 충분하지 않다고 생각했다. 어설프게 마이크 앞에 섰다가 망신을 당하기라도 하면 큰일이었다. 자기만 망신당하는 게 아니라 공 과장도 피해를 볼 게 뻔하다. 화경은 못 하겠다고 결정했다.

"전 아직 준비가 안."

화경이 말을 끝마치기도 전에 현국이 끼어들었다.

"화경 씨 잘할 수 있잖아요. 전에 인서 씨 멘트 할 때 옆에서 같이 따라 하는 거 봤어요. 잘할 수 있어요."

현국의 말은 틀리지 않는다. 화경은 인서가 멘트를 할 때 항상 따라 했다. 현국이 그 모습을 유심히 지켜본 것이다. 그런데 현국의 말에 화경의 얼굴은 빨개졌다. 공 과장은 현국과 화경을 번갈아 본 뒤 화경에게 물었다.

"화경 양, 정말 그래?"

화경은 마지못해 그렇다고 대답했다. 그러자 공 과장이 화경에게 눈을 흘기며 옅은 웃음을 지었다.

"좋아, 화경 양이 해."

"네?"

화경이 다시 놀라자 공 과장은 화경을 창가 쪽으로 데리고 갔다. 지난 4월 초 화경에게 아나운서 보조를 제안하던 그 모습 그대로였다.

"화경 양, 처음 여기 왔을 때 생각나지? 그때 내가 그랬잖아. 아나운서 보조 열심히 하면 정식 아나운서 될 수 있다고."

"네."

화경의 대답 소리에 힘이 없었다.

"인서 씨가 없어서 하는 소린데, 그 친구 참 의욕 없어. 젊고 활발한 화경 양이 여성 아나운서로는 적격이지. 안 그래?"

"네."

여전히 화경의 대답 소리는 작고 가냘팠다. 공 과장은 화경의 등을 다독이며 부드럽게 말했다.

"나는 화경 양이 잘할 수 있을 거라 굳게 믿어."

공 과장은 눈에 힘을 주면서 주먹을 불끈 쥐었다.

"기회는 아무 때나 오지 않아. 기회다 싶을 때 확 잡아야지. 안 그래?"

마음을 굳힌 화경이 닫고 있던 입을 활짝 열었다.

"하겠어요, 하겠습니다."

"요시!"(좋아)

인서 대신 방송을 하겠다는 화경의 말에 제2방송과 직원 모두 분주해지기 시작했다. 화경은 먼저 대본을 익혀야 했다. 화경이 할 멘트는 일용품 시세를 전해 주는 뉴스다. 살림하는 주부들에게 일용품 시세는 요긴한 소식이다. 날로 치솟는 물가 때문에 주부들의 근심도 늘어만 갔다. 그들의 시름을 조금이나마 덜어 주려면 딱딱한 멘트보다 부드러운 멘트가 적합하다. 인서는 특유의 덤덤한 말투로 일용품 시세를 전했다. 조금만 부드럽게 하면 좋을 텐데. 화경은 인서의 말투를 들으며 못내 아쉬워했다.

화경은 대본을 천천히 읽었다. 발음이 새지 않도록 또박또박 읽어 내려갔다. 몇 번 연습하자 문장이 입에 익었다. 화경은 최대한 부드러운 말투로 대본을 읽었다. 발음이 뭉개지는 부분은 현국이 잡아냈다. 현국은 쉬어야 할 곳, 단박에 읽어야 할 곳을 친절하게 표시해 주었다. 어느새 화경과 현국은 한 조가 되어 방송을 준비하고 있었다.

방송 시각까지 2분이 남았다. 화경은 마침내 마이크 앞에 섰다. 인서는 앉아서 했지만 화경은 앉아 있을 수가 없었다. 시계의 분침은 정각을 향해 치닫고 있었다. 초침은 어느 때보다 빨리 돌아갔다. 화경의 입은 바짝바짝 말라 갔다. 마이크 앞에서 헛

기침으로 목을 가다듬을 새도 없었다. 드디어 분침과 초침이 하나로 일치했다. 정각 시보가 울리면서 조선어 방송이 시작되었다. 시보가 끝날 즈음에 공 과장이 화경에게 사인을 보냈다. 화경의 목소리가 전파를 타고 조선 방방곡곡에 울려 퍼질 찰나였다.

"오늘의 일용품 시세를 말씀드리겠습니다. 양쌀(안남미) 한 말은 1원 80전이올시다. 지난주보다 10전이 내렸습니다. 좁쌀 한 말은 50전이올시다. 소금은 1원, 고추장은 90전, 간장은 80전이올시다. 좁쌀과 소금과 고추장과 간장 시세는 변동이 없습니다. '폴나무' 세 바리는 4원 80전으로 지난주보다 10전이나 올랐습니다. 석유 한 병은 30전이올시다. 요새 석윳값이 하루가 멀다고 오르고 있습니다. 살림하는 여인네들이 앞장서서 알뜰하게 써야겠습니다. 이상이 오늘의 일용품 시세입니다."

화경은 폴나무를 발음할 때 말투가 꼬였지만 그럭저럭 잘 넘어갔다. 값이 오른 물건을 말할 때는 걱정스러운 투로, 값이 내린 물건을 말할 때는 활기찬 투로 변화를 주었다. 별 사고 없이 멘트를 마무리 지었다. 자신이 누구인지 밝히는 마지막 멘트만 남았다.

"지금까지 명인서 아나운서였습니다. 여기는 쩨이 오 듸 케이 경성방송국."

대본에 쓰여 있는 멘트는 이랬다. 방송 전 화경이 연습한 멘트도 이랬다. 쓰여 있는 대로 연습한 대로 하면 되었다. 화경은 마지막 멘트를 앞두고 잠깐 망설였다. 1초, 2초쯤 지나자 공 과장이 쥐불놀이를 하듯 손가락으로 원을 뱅뱅 그려 댔다. 빨리 마지막 멘트를 하라는 신호였다.

"지금까지 며영 아나운서였습니다. 여기는 쩨이 오 듸 케이 경성방송국."

마이크의 전원이 꺼졌다. 공 과장과 화경, 현국과 기정 모두 숨을 내쉬었다. 공 과장은 손뼉을 쳤다. 손뼉 소리에 기정도 두 손을 들어 짝짝댔다. 현국은 화경에게 엄지손가락을 들어 보였다. 어쨌든 방송은 사고 없이 잘 끝났다. 명인서의 '인서'가 빠졌다는 사실을 모두 잊은 듯했다. 공 과장은 왜 인서를 빼먹고 말했는지 묻지 않았다. 공 과장이 묻지 않으니 기정 또한 따질 리 없었다. 현국은 화경이 너무 긴장한 탓이라 여겼다. 화경이 일부러 그랬을 거로 생각하지 않았다. 방송을 끝낸 화경은 정신이 또렷해지는 것을 느꼈다. 인서가 방송국에 영영 돌아오지 않기를 바랐다. 자신이 경성방송국 제2방송과의 이름난 아나운서, 명아나운서가 되기를 고대했다.

인서는 일주일이나 지난 뒤 방송국에 나타났다. 특유의 무덤덤한 표정으로 직원들과 인사했다. 조회 시간에 인서는 엿새나 결근한 사유를 말하지 않았다. 그저 짧게 "죄송합니다." 하고 말할 뿐이었다. 공 과장은 따지지 않았다. 엿새 치 시말서를 쓰라고 단단히 일렀다. 공 과장과 기정, 현국과 숙현이 방송을 하기 위해 스튜디오에 가고 화경과 인서만 사무실에 남았다. 화경은 인서의 보조이기 때문에 언제나 인서와 함께 있어야 했다.

인서가 엿새 치 시말서를 쓰기 시작했다. 화경은 인서와 멀찍이 떨어져 시말서 쓰는 인서를 바라봤다. 가끔 인서가 펜을 놓고 생각에 잠기면 화경은 딴 곳을 바라봤다. 시말서 쓰는 시간은 생각보다 길지 않았다. 인서는 시말서 여섯 장을 공 과장 책상 위에 무심히 올려놓았다. 인서는 화경이 앉은 곳으로 다가갔다.

"화경 씨, 미안해요. 나 때문에."

진심으로 미안해하는 인서의 표정을 화경이 읽었다. 왜 엿새나 결근했는지 묻고 싶은 마음이 눈 녹듯 사라졌다.

"아니에요. 괜찮아요."

"고마워요. 그럼 잠깐 화장실 갔다 올게요."

인서는 쭉 처진 어깨를 하고선 사무실을 나갔다. 인서가 나간 문으로 숙현이 들어왔다. 숙현은 뒤돌아서서 인서의 뒷모습을 살폈다. 그러고는 화경에게 다가와 물었다.

"인서 씨 왜 안 나왔대? 화경 양한테 말 안 했어?"

눈치 빠른 화경이 앞질러 답했다.

"제가 안 물어봤어요."

숙현은 어이없다는 얼굴로 재차 화경에게 물었다.

"왜, 왜 안 물어봤어? 화경 양이 인서 씨 때문에 고생했잖아.

고생한 값은 받아 내야지."

"고생은요 뭘."

"어허, 이 순진한 아가씨 보게, 사회생활 직장 생활이 그게 아니야. 따질 건 따지고 사과받을 건 사과 받고 그래야지."

화경은 속으로 헛웃음을 지었다. 숙현이 따질 건 따지고 사과받을 건 사과 받는 사람이 아니기 때문이다. 기정과 숙현은 언제나 공 과장 같은 상사 편이니까.

평소 화경과 친하지 않은 숙현이 웬일로 화경에게 가까이 다가와 화경의 귀에 손을 댔다. 화경이 흠칫 뒤로 물러섰다. 진한 분 향기 때문만은 아니었다. 숙현은 사무실 문을 바라보며 화경에게 귓속말을 했다.

"내가 들은 얘긴데, 인서 씨가 어떤 남자랑 야반도주를 했다는 거야. 나흘인지 닷새인지 함께 살다가 그 남자에게 버림받아서 다시 돌아온 거래."

뜬금없는 말이었다. 화경은 반문도 하지 못하고 눈만 깜빡거렸다. 숙현은 귓속말을 이어 갔다.

"남편 있는 부인이 어째 그럴 수 있대? 아무튼 사람 겉으로 봐선 모른다니까."

화경은 무슨 말로 대답을 해야 할지 몰랐다. 숙현이야말로 겉으로 봐선 모를 사람이었다. 숙현은 화경의 심정 따위는 신경 쓰지 않고 인서에 대한 소문을 매듭지었다.

"바람 난 여자야, 조심해."

그 말을 끝으로 숙현은 또각또각 하이힐 소리를 내며 사무실을 나갔다. 조금 뒤 인서가 사무실로 다시 들어왔다. 바람 난 여자 명인서. 화경의 머릿속에서 숙현이 남긴 말이 맴돌았다. 화경은 고개를 흔들었다. 숙현의 말이 흩어진 자리에 인서가 했던 말이 안개처럼 피어올랐다.

"난 인형의 집을 박차고 나가고 싶어요."

화경에게 한 말은 아니었다. 인서가 현국에게 한 말을 화경이 우연히 들은 것이었다. 그때 화경은 인서가 '인형의 집'이란 책을 왜 좋아하는지 어렴풋이 알았다. 왜 인서 자신이 인형 같다고 했는지도 이해했다. 왜 자신에게 방송국의 인형이 되지 말라고 했는지도 조금 알게 되었다. 그러나 그 말 전부를 제대로 알아듣지는 못했다. 그래도 화경은 숙현처럼 인서를 의심하지 않았다. 인서의 눈빛이 거짓을 말하지 않기 때문이었다.

인서가 돌아온 후 조선어 방송에 새로운 프로그램이 예정되었다. 청취자의 사연을 소개하고 청취자가 원하는 음악을 들려주는 프로그램이다. 새 프로그램을 진행할 아나운서는 인서였다. 진행자가 결정되기 전 숙현은 공 과장에게 자신을 넌지시 내세웠다. 그러나 공 과장은 이미 인서를 점찍어 두고 있었다. 위에서 내려온 지시 사항이란 게 그 이유였다.

새로운 프로그램 준비 기간을 한 달이었다. 인서와 화경이 한

조가 되어 프로그램을 준비해야 했다. 그러나 다시 돌아온 인서는 예전보다 더 의욕이 없어 보였다. 마이크 앞에서 귀를 틀어막고 엎드려 있는 일이 잦았다. 자리에 있어도 멍하니 창문을 바라보다가 얼굴이 붉어진 채 화장실에 간다며 사무실을 나갔다. 공과장이 없으면 인서는 화경에게 자신의 방송 멘트를 넘겼다. 창가나 단가가 시작되자마자 화경에게 소개 멘트를 시키고 아예 스튜디오 밖으로 나가 버렸다. 나갔다 돌아오지 않으면 마무리 멘트도 화경이 했다.

"이상 명인서 아나운서였습니다. 쩨이 오 듸 케이 경성방송국."

화경은 인서의 말투를 흉내 내며 마무리 멘트를 했다. 인서는 그림자 아나운서가 되었다. 그림자를 따라다니는 또 다른 그림자는 화경이었다. 화경은 인서가 더는 방송국에 출근하지 않기를 바랐다. 그건 인서 대신 아나운서가 되려는 욕심 때문이 아니었다. 방송국에서 힘겹게 버티는 인서가 너무 애처로워 보였기 때문이다. 방송국은 인서에게 인형의 집이었다.

10
무너진 토막 속 깨진 그릇들

삼복더위가 시작되는 초복은 일요일이었다. 화경은 정신에게서 기별을 받았다. 미쓰코시 백화점 앞에서 만나자는 연락이었다. 정신보다 먼저 도착한 화경은 미쓰코시 백화점을 올려다보았다. 꽤 오랜만이었다. 여학교를 졸업하고 경성방송국의 아나운서 보조가 된 뒤 한 번도 미쓰코시에 오지 않았다. 화경은 백화점 안으로 들어가려다 그만두었다. 딱히 살 물건이 없을뿐더러 백화점이라는 곳에 더는 매력을 느끼지 못해서였다.

한낮의 태양열은 몹시 뜨거웠다. 약속 시각인 12시가 20분이나 훌쩍 지났는데 정신은 나타날 기미를 보이지 않았다. 목마름을 느낀 화경은 카페에 들어가 칼피스(유산균 음료)를 먹으려고 했다. 그때 정신이 화경을 불렀다. 정신은 미쓰코시 백화점 건너편에서 화경을 향해 손을 흔들었다. 하얀색 블라우스에 하늘색 시폰 치마, 머리에 쓴 분홍색 모자와 그 위를 받쳐 주는 알록달록한 양산, 손에 낀 검은색 망사 장갑. 화경의 입에서 '헉' 소리가 나왔다. 초복에 어울리는 차림이 아니기 때문이었다. 정신은 약속 시각에 늦었는데도 여유를 부렸다. 하이힐의 굽이 떨어져 나가는 불상사가 생기지 않도록 사뿐사뿐 화경에게 걸어왔다.

"안 더워?"

정신을 만난 화경이 처음 내뱉은 말이었다. 화경은 아무 일 없다는 듯 귓가에 붙은 머리카락을 쓸어내렸다. 귀밑에는 이미 땀이 차올라 흐르고 있었다.

"노 프로블럼(No problem)."

화경은 정신의 머리에 꿀밤을 한 대 쥐어박으려다가 말았다. 자기 딴에는 절친 만난다고 차려입고 나왔으니 말이다. 화경과 정신은 카페 안으로 들어가 칼피스를 주문했다. 칼피스를 쭈욱 들이킨 정신은 입가에 묻은 물기를 닦아 냈다.

"라디오에서 네 목소리 들었어. 이제 정식 아나운서 되었나 보네. 축하해."

인서 대신에 한 멘트를 정신이 들은 모양이었다. 누구 목소리인지 기가 막히게 맞히는 걸 보니 절친인 게 틀림없다. 하지만 축하할 일은 아니었다. 화경은 덤덤한 표정을 지었다.

"내 목소리는 맞는데, 정식 아나운서가 된 건 아냐."

"뭐 그런 게 다 있어? 방송하면 정식 아나운서지."

"그런 게 있어."

"낭패네."

"뭐가 낭패야?"

"너 정식 아나운서 되었으니 나 방송에 좀 출연시켜 달라고 부탁하려 했지."

"뭐, 방송국에서 노래하게?"

"당연하지. 나도 가순데."

"헉!"

화경은 기가 찼지만 정신은 진지했다. 정신은 다리를 꼬고 앉아 담배를 하나 꺼냈다. 담배를 본 화경이 기겁을 했다.

"야, 너 담배까지. 미쳤어?"

"뭘 담배 한 개비 가지고 웬 호들갑이야."

정신은 망사 장갑 낀 손가락으로 웨이트리스(여종업원)를 불렀다. 성냥을 가져오라는 뜻이었다. 화경은 얼른 자리에서 일어나 정신의 손가락 사이에 끼워진 담배를 빼앗았다. 갑작스러운 사태에 정신은 꼬았던 다리를 풀었다.

"야, 윤화경."

짜증이 잔뜩 섞인 정신의 목소리에 화경은 눈을 흘겼다.

"내 앞에선 피우지 마."

정신은 주변을 둘러보면서 다시 다리를 꼬았다. 화경은 급격

하게 변한 정신을 받아들일 수 없었다. 어떻게든 예전 모습으로
돌려놓고 싶었다.

"너 집에 안 돌아갈 거야?"

"난 돌아갈 다리를 잘라 버렸어. 가수가 되지 않으면 안 돌아
간다. 난 기생 가수 왕수복처럼 유명하고 인기 있는 가수가 될
거라고."

"너 정말 이럴 거야?"

"내가 뭐 어째서? 가수 되려는 게 나쁜 거야? 내 능력과 소질
을 계발하겠다는 게 왜 나빠? 너도 아나운서 하잖아. 보조이긴
하지만."

"그래도 집에는 들어가야 하잖아."

"들어가면 뭐해? 가수 못하게 하려고 집안에 꽁꽁 가둬놓을
텐데. 난 그러곤 못 살아. 내가 뭐 새장에 갇힌 새도 아니고 말이
야. 난 절대 안 들어갈 거야."

결기가 느껴졌다. 화경은 정신이 장난삼아 집을 나와 가수가
되려고 준비하는 게 아니라고 깨달았다. 집으로 돌아가라거나
가수를 하지 말라거나 하는 말이 이제는 필요 없어 보였다.

한 차례 말씨름이 오고 간 뒤 둘은 다른 이야기를 했다. 정신
은 권번에 들어가 예기 수업을 받을 때 힘들었던 일을 털어놓았
고, 화경은 방송국 일이 생각보다 쉽지 않다고 토로했다. 인서에
대해서도 이야기했다. 아나운서를 하기 싫어하는데 어쩔 수 없

이 하고 있어 안타깝다는 말이었다. 철없는 정신은 인서가 빨리 아나운서를 그만둬야 한다고 거들었다. 그래야 자기가 방송국에 들어가 노래할 기회가 생긴다고 강조했다. 정신의 관심사는 오로지 가수가 되어 방송국에서 노래하는 거였다.

"그나저나 그때 만난 남자 아나운서랑은 아무 사이도 아냐?"

정신이 말한 남자 아나운서는 현국이다. 화경이 손사래를 치자 정신은 음흉한 표정을 지었다.

"그렇다면 경성방송국의 꽃미남 아나운서 성기정이구먼."

정신을 속일 수는 없었다. 화경은 부인하기에도 힘에 부쳐 그렇다고 말해 버렸다.

"어디까지 갔어? 손은 잡아봤어?"

화경이 정색을 했다.

"야, 손은 무슨 손이야?"

"뭐야, 그럼 짝사랑이야? 천하의 김포 땅 부잣집 외동딸 윤화경이 짝사랑을 한다고? 호호호."

화경이 웃는 정신을 타박하려 했지만, 그럴수록 정신은 카페에 있는 사람들 모두 들으라는 듯 더 크게 말했다.

"경성방송국 아나운서 윤화경이 짝사랑을 한대요. 호호호."

화경은 어쩔 수 없이 정신의 입을 틀어막았다. 정신이 '흡' 소리를 내며 얼굴을 구겼다. 화경은 화난 표정으로 정신을 윽박질렀다. 정신은 알겠다는 뜻으로 고개를 끄덕였다.

"아무튼 짝사랑에서 벗어나서 기정 씨랑 진짜 짝이 되길 기대할게. 호호호."

화경은 끓어오르는 화를 억지로 눌렀다. 어떻게든 화제를 돌려야겠다고 생각했다. 화경의 머릿속에 떠오른 새로운 이야깃거리는 애선이었다.

"여학교 졸업하기 전에 미쓰코시 갔다가 어떤 아이 만났잖아. 목 뒤에 보라색 점 있는 아이."

정신이 다소 호기심 어린 얼굴로 화경에게 되물었다.

"김포 살 적 동무였다는 애?"

"응, 애선이. 그 애네 집 너무 가난하게 살더라고. 집이 아닌 토막에서 살고 있었어."

정신은 토막촌에 대해 아는 척을 했다.

"아, 공동묘지 위에다 움막 짓고 사는 곳? 어떻게 산 사람이 귀신 나오는 곳에서 사냐? 아무리 가난해도 난 그런 데선 못 살겠다. 귀신 나오는 데서 살면 귀신 되어서 나오는 거라니까. 얼마 전에도 그랬잖아."

"뭐가 그랬어?"

"너 몰라? 거기에 문화주택 짓는다면서 거지 소굴 같은 토막들 싹 헐어 버린 거. 세간살이 다 박살 나고 사람들도 다치고."

다쳤다는 말에 화경이 흠칫 놀랐다.

"다쳤다고?"

화경은 자기도 모르게 큰소리를 냈다. 혹여나 애선네 가족이 다치지 않았을까 걱정되었다. 특히 애선의 아버지는 욱하는 기질이 강해서 철거 용역들에게 대들었을 게 뻔했다. 정신은 토막촌에 대해 들은 이야기를 덧붙였다.

"얼마 전에 총독부 관리하고 건축업자가 하는 소리 들었는데."

"그런 소릴 어디서 들었어?"

"어디서 듣긴 기방에서, 아차차. 아무튼 총독부에서 내지인 건축업자에게 뇌물을 받고 토막촌을 헐값에 넘기면 건축업자는 무허가로 지은 토막촌을 다 헐어버리고 거기에 문화주택촌을 만드는 거지. 그럼 완전히 떼돈을 버는 거야."

"토막촌에 살던 사람들은 다 어디로 가?"

"어디로 갈 수가 없지. 시내에서 날품팔이하고 고물 줍던 사람들인데. 시내에서 멀어지면 돈벌이를 할 수 없잖아. 그래서 죽기 살기로 버티는 거야. 그러다가 다시 건축업자가 데리고 온 덩치들에게 맞아서 다쳐서 피 나고."

"하아."

화경의 입에서 깊은 한숨이 나왔다.

"지금 난리 났어. 경성 부근에 살던 땅 부자들이 있는 전답 없는 전답 다 팔아서 경성으로 올라온다니까. 토막촌 몇 군데만 사들이면 벼락부자 되니까. 더러는 내지인 건축업자와 사돈도 맺는다던데."

망치 같은 둔탁한 물건이 화경의 머리를 때렸다. 느닷없이 찾아온 애선의 아버지, 히데오의 아들, 총독부 관리에게 줄 비단. 흩어져 있던 퍼즐 조각들이 맞혀져 흐릿하게나마 하나의 그림으로 완성되고 있었다. 화경은 정신과 더 이야기 나눌 시간이 없었다. 당장 집으로 달려가 진실을 밝혀내야겠다고 생각했다. 화경은 정신을 카페에 두고 서대문 행 전차에 올라탔다.

집 앞에는 검은 승용차가 세워져 있었다. 화경이 처음 보는 승용차였다. 화경이 대문을 열고 들어가려는 찰나에 대문이 열렸다. 아버지와 어머니 그리고 하인들은 낯익었지만, 딱 한 사람만 낯설었다. 화경을 본 아버지가 낯선 사람 앞에 화경을 앞세웠다.

"이 아이가 바로 제 여식 화경입니다."

"아, 화경 양 데쓰까."

화경의 어머니가 화경의 옆구리를 쿡 찔렀다.

"얼른 인사드려라. 네 시아버님 될 분이시다."

내지인 건축업자 히데오였다. 화경은 얼떨결에 고개를 숙였다. 히데오는 중절모를 벗으면서 오른손을 내밀었다.

"도오조 요로시쿠. 와따시와 히데오 신스케데쓰."(만나서 반가워요. 나는 히데오 신스케입니다)

히데오의 손을 본 화경이 뒤로 물러섰다. 히데오는 멋쩍게 웃으며 일본 말로 "이런 실례를. 숙녀에게 먼저 악수를 청했구먼."

이라고 말했다. 아버지는 머리를 조아리며 "모오시와케 코자이마센."(정말 죄송합니다) 하고 사과했다. 한 번, 두 번, 세 번, 아버지는 머리가 땅에 닿을 만큼 고개를 숙였다. 히데오는 괜찮다며 애써 웃음을 보였다. 히데오가 검은 승용차에 오르자 아버지와 어머니 그리고 하인들이 모두 함께 머리를 숙여 인사했다.

"도오조 고란 쿠다사이."

"살펴 가십시오."

인사 소리가 대문 마당에 가득 찼다. 더러는 메아리가 되어 왕왕거렸다. 요란스러운 작별 의식이 끝나자 화경은 어머니 손에 이끌려 사랑채로 끌려들어 갔다. 화경이 방에 들어서자 아버지는 담배를 꺼내 물었다. 담배 연기가 연거푸 내뿜어졌다. 무거운 분위기 탓에 담배 연기는 방 밖으로 빠져나가지 못했다. 아버지는 재를 툭 털어 낸 다음에야 화경을 바라봤다.

"화경아, 거스를 수 없다. 히데오 아들과의 혼사 말이다."

화경은 숨을 크게 들이마셨다. 이대로 밀릴 수 없었다.

"궁금한 게 있어요."

화경 옆에 있던 어머니가 의아한 표정으로 화경을 바라봤다. 화경은 어머니의 시선에 신경 쓰지 않고 아버지만 바라보며 물었다.

"지난번 애선이 아버지가 한 말, 순사가 오면 사실대로 말할 거라는 말이 무슨 뜻이죠?"

아버지의 낯빛이 어두워졌다. 어머니는 화경의 팔을 붙잡았다. 화경을 밖으로 데리고 나가게 하려는 것이었다. 화경은 팔에 힘을 주었다. 손바닥으로 방바닥을 세게 눌렀다. 어머니의 힘에 눌리지 않으려고 했다. 아버지는 담배 연기를 깊게 들이마셨다 내뱉었다.

"관두구려. 어차피 화경이도 알아야 할 일이니까."

화경은 자기 귀에 몸의 온 신경을 집중시켰다. 아버지의 말을 하나라도 흘려서는 안 될 순간이었다.

"김 서방이 요령 없이 일해서 그렇다."

"요령이 없다니요?"

"그놈이 땅을 팔지 않으려는 자작농들을 마구잡이로 협박한 거야."

"아버지가 시키신 일 아니에요?"

"난 협박하고 심지어 때리라고는 하지 않았다."

"그럼 모든 게 애선이 아버지 잘못이에요? 어쨌든 전답 판 돈은 아버지가 다 가지셨잖아요. 그 돈으로 문화주택 지으려 하시는 거고요."

"아랫것이 잘못한 건데 뭐가 문제냐? 배은망덕한 놈이 주인이 베푼 은혜도 모르고 자꾸 돈 달라고 찾아오잖아. 미친개 같은 놈."

"자작농들 전답 다 사 오면 보상해 준다고 애선이 아버지와 약조하셨어요?"

아버지는 '흐음' 소리를 내며 돌아앉았다.

"얘가 못하는 소리가 없어. 어디 아버지께 따지려 들어. 버릇 없이."

어머니가 쌍심지를 켜고 나서서 화경을 나무랐다. 화경은 지지 않았다.

"히데오라는 사람이 신당리 토막촌을 헐어버린 거예요? 아버지도 히데오와 같이 그러신 거예요? 거기 사는 사람들이 다치고 그랬다는데. 애선네도…."

화경은 더 말을 이을 수 없었다. 터져 나온 울분이 화경의 말을 가로막았다. 굵은 눈물이 화경의 치마에 떨어졌다. 의연하게 눈물을 닦아 낸 화경이 아버지에게 소리쳤다.

"절대 히데오 아들과 혼인하지 않을 거예요."

화경이 자리를 박차고 일어섰다. 어머니가 다시 화경의 팔을 붙잡았지만, 화경의 힘을 당해낼 수 없었다. 화경은 사랑채에서 나와 곧장 자기 방으로 들어갔다. 책상에 얼굴을 파묻고 한참 동안 울었다. 애선에게 미안한 마음을 표현할 길은 울음밖에 없었다.

눈물이 마를 즈음, 책상 위에 놓인 편지가 화경의 눈에 띄었다. 편지를 쓴 사람은 히데오 쿄헤이, 건축업자 히데오의 아들이었다. 편지봉투를 뜯어 볼 필요가 없었다. 화경은 편지를 박박 찢었다. 화경의 가슴 속에서 다시 분노가 치밀어 올랐다. 그날 밤 화경은 잠을 이룰 수 없었다.

다음날 화경은 무거운 마음으로 출근했다. 활발하고 명랑한 화경은 이제 찾을 수 없었다. 공 과장을 비롯한 직원들과 아나운서에게 화경은 형식적으로 인사했다. 조회가 끝나자 공 과장이 화경을 조용히 불렀다.

"인서 씨가 또 결근했어. 이번엔 좀 오래 갈 것 같아."

화경은 이미 그럴 거라 짐작했다.

"이번에 새 프로그램 하잖아. 그러고 보니 당장 내일 시작이네. 화경 양이 해야겠어."

어쩔 수 없다. 화경 아니면 할 사람이 없다. 화경은 "네." 하고 공손히 대답했다.

"최현국 아나운서가 도와준다고 했으니 크게 걱정하지 않아도 돼."

화경은 다시 별다른 감정 없이 "네." 하고 답했다. 공 과장은 뜻밖의 반응에 적잖게 놀랐다. 그렇지만 왜 그러는지 물어보지는 않았다. 화경이 공 과장에게 인사하고 멀어지려는 순간, 공 과장이 다시 화경을 불렀다.

"화경 양, 이번에 잘하면 정식 아나운서 되는 거야. '보조' 딱지 떼는 거라고."

"네."

화경의 대답은 짧고 건조했다. 정식 아나운서 되는 일은 화경에게 중요한 게 아니었다. 화경의 머릿속에는 자신의 아버지와 애선에 대한 생각만 가득했다.

화경이 인서를 대신해 방송 멘트를 하고 스튜디오에서 나올 때였다. 스튜디오 앞에 현국이 서 있었다. 현국은 밝게 웃으며 화경을 맞았다.

"화경 씨, 잘해 봅시다."

화경은 어색한 웃음을 지었다. 두 사람은 사무실로 자리를 옮겼다. 현국은 화경의 심란한 마음을 눈치챘는지 예전보다 더 친절하게 대했다. 화경과 현국은 새 프로그램에 내보낼 청취자들의 편지를 고르기 시작했다. 수십 통 편지 가운데 낯익은 글씨가 화경의 눈에 띄었다. 편지를 보낸 사람은 '신당리 토막민 善(선)'이었다. 화경의 눈이 반짝거렸다. 화경은 조심스럽게 편지봉투를 뜯었다. 봉투 안에는 물에 한 번 젖었다 마른 종이가 들어 있었다. 화경은 깨알 같이 쓰인 글씨를 읽어 내려갔다.

안녕하세요. 저는 경성부 신당리 토막촌에 사는 善입니다. 제사공장 다닐 적에 길거리에서 우연히 라디오를 들었어요. 전국 방방곡곡에 소식을 알려주는 라디오가 참 신기했습니다. 제가 이렇게 편지를 보낸 건 억울한 일을 당했기 때문이에요. 저는 다리 불편한 아버지와 동생 셋이서 함께 살고 있습니다. 어머니는 막냇동생을 낳다가 돌아가셨어요. 우리 가족은 김포에서 살다가 경성으로 이사 왔습니다. 살 곳이 없어 여기 신당리에 토막을 짓고 살았어요. 아버지는 시내에 가서 날품팔이를 하는데 몸이 성치 않아 잘 써 주지 않아요. 저는 경성제사공장에 들어가 옷감 나르는 일을 했고요. 손을 다쳐서 지금은 못 나가고 있지만요. 하루에 조밥 한 그릇도 못 먹으며 살고 있습니다. 그제였어요. 잠을 자고 있는데 쿵쾅거리는 소리가 났어요. 놀라서 일어나 보니 한쪽 벽이 없어져 버렸어요. 너무 놀라서 동생들을 다 깨웠습니다. 덩치가 큰 남자 어른들이 우리 집을 부수기 시작했어요. 사람이 있든 없든 닥치는 대로 세간살이를 집어 던졌어요. 항아리와 그릇이 모두 깨졌어요. 소금이며 간장이며 고추장도 모두 땅바닥에 버려졌어요. 우리는 너무 무서워도 울기만 했어요. 험상궂은 아저씨들은 울고 있는 우리에게 시끄럽다며 소리를 쳤어요. 아버지는 지팡이로 아저씨들에게 덤벼들었다가 얻어맞고 쓰러졌어요. 우리는 아버지를 붙잡고 또 울었어요.

애선이 쓴 편지가 분명했다. 화경의 눈물이 편지지에 떨어졌다. 눈물을 훔친 화경은 현국에게 편지를 보여 주었다. 현국은 화경이 건네준 편지를 말없이 받았다. 편지를 다 읽은 현국이 깊은 한숨을 내쉬었다. 화경은 그간의 일을 모두 현국에게 말했다. 현국은 진지하게 들었다.

"이 편지 꼭 방송하고 싶어요."

현국은 화경의 간절한 바람을 알아차렸다. 그러나 토막촌 철거와 관련해서 총독부와 내지인 건축업자의 잘못을 밝히는 사연을 방송에 내보냈다간 어떤 일을 당할지 모른다.

"나도 화경 씨 마음과 같지만, 이걸 어떻게 방송해야 할지."

"제가 애선이를 위해 할 수 있는 건 그것뿐이에요. 꼭 하게 해주세요."

"아…."

"선배님, 제발요."

"알았어요. 반드시 방송할 수 있도록 방법을 생각해 볼게요. 일단 어디 좀 다녀올게요. 다녀온 다음 어떻게 할지 의논해 봐요."

현국은 바쁘게 채비를 한 뒤 사무실 밖으로 나갔다. 화경은 애선이 쓴 편지를 다시 들었다. 눈 밑에 다시 눈물이 고이기 시작했다.

11
여기는 경성 모던방송국이올시다

사무실 밖으로 나갔던 현국은 저녁 방송이 끝날 무렵 돌아왔다. 제2방송과 직원들은 퇴근할 채비를 하고 있었다. 퇴근 인사를 하려는 현국에게 공 과장은 내일 첫 방송 차질 없이 해야 한다며 단단히 일러두었다. 임원진의 기대가 상당하다는 말도 덧붙였다. 현국은 걱정하지 말라고 답했다. 현국의 대답은 마치 기정의 말처럼 느물거리기까지 했다. 평소 할 말만 하던 차분한 모습과 달라 보였다. 현국과 화경은 방송국을 나와 근처 식당에 들어갔다. 현국이 방송국에 돌아온 후부터 내내 궁금함을 참고 있던 화경은 현국이 의자에 앉자마자 질문을 퍼부었다.

"어디에 다녀오셨어요? 누구를 만나고 오신 거예요? 좋은 방법을 찾으신 거죠? 마음이 불안해서 일이 하나도 손에 잡히지 않았어요."

현국이 화경 옆으로 가까이 다가갔다.

"방법을 찾았어요."

화경의 얼굴에 온기가 돌았다. 현국은 식당에 앉은 사람들을 한 번 둘러본 후 낮은 화경을 향해 몸을 굽혔다.

"와세다 대학 다닐 때 친하게 지나던 동기가 있어요. 그 친구가 방송 장비 같은 기계를 잘 만지죠."

"그래서요?"

"그리고… 독립운동을 해요."

"네?"

다행히 식당 안은 사람들 소리로 시끄러웠다. 화경과 현국의 이야기에 신경 쓴 분위기가 아니었다.

"해적방송으로 일본의 침략성과 탄압받는 조선의 현실을 알리고 있어요."

"해적방송이 뭐예요?"

"경성방송국의 주파수를 무단으로 갈취해서 자기가 말하고 싶은 걸 방송하는 거예요."

"그게 가능해요?"

"7년 전에 이미 해적방송을 했어요. 경찰에 들켜서 그 후론 하지 못했지만요."

화경의 얼굴에 근심이 서렸다. 실패에 대한 두려움 때문이었다.

"걱정하지 마세요. 할 수 있어요. 제 친구가 일본에서 첨단 장비를 몰래 들고 왔거든요. 아까 그 장비를 확인해 봤어요."

"되던가요?"

"네."

현국은 확신에 찬 목소리로 대답했다.

"아까 조선어 방송할 때 잠깐 다른 소리 난 적 있었죠? 기계 소리 같은 거요."

"네, 맞아요. 그런 소리 나서 공 과장님이 여기저기 알아보고 다니셨어요."

"저와 제 친구가 경성방송국의 주파수를 잠깐 훔쳐낸 거였어요."

"아아."

해적방송을 하기 위한 장치는 제대로 갖춘 셈이었다. 문제는 언제 어떻게 방송을 하는가였다. 현국이 먼저 자기가 생각한 방안을 이야기했다.

"내일 밤에 결행합시다."

"내일 밤이요? 밤에는 사람들이 라디오를 잘 안 듣는데요. 많은 사람이 애선이의 사연을 알아야 하지 않겠어요?"

"맞는 말이군요. 그럼 언제 하죠?"

"오전에 하면 어떨까요? 제1방송의 주파수를 이용하면 어때요?"

"그거 좋은 생각이에요. 우리 제2방송은 오후에 하니까 혹여 우리가 의심받을 리 없고, 제1방송은 일본인뿐 아니라 조선인들도 즐겨 들으니 그게 낫겠어요."

"네. 토막촌의 실상은 조선인들만이 아니라 일본인들도 알아야 하잖아요."

"좋아요. 그럼 오전 10시에 하도록 하죠. 이거 은근히 가슴 떨리는데요."

애선의 사연을 방송할 시간이 정해지면서 거사 계획이 마무리되는 듯싶었다. 화경과 현국은 식은 국밥을 먹기 시작했다. 화경은 세 번째 숟가락을 들다가 내려놓았다. 거사 계획에 뭔가 부족한 점이 있다고 생각해서였다.

"해적방송인 걸 들키지 않으면 좋겠어요."

현국도 숟가락을 내려놓았다.

"들키지 않는다니요."

"방송 사고가 나면 분명히 총독부와 경찰서가 나설 거예요. 저와 선배님뿐 아니라 선배님 친구분, 그리고 애선이까지 모두 잡혀갈지 몰라요. 방송을 했지만 아무것도 이루지 못하고 그냥 물거품처럼 흐지부지될 수 있잖아요."

"그렇죠. 그걸 각오하고 하는 거니까."

"해적방송이 아니라 진짜 방송처럼 하면 경성방송국이나 총독부도 속지 않을까요?"

"음… 진짜 방송이라."

"원래 우리가 할 새 프로그램은 청취자의 사연을 읽어 주고 청취자가 원하는 노래를 들려주는 거잖아요. 애선이의 편지를 읽기 전과 후에 노래를 들려주면 진짜 방송처럼 들리지 않을까요?"

현국이 두 손가락을 튕겼다.

"진짜처럼 자연스럽게 들리겠네요. 그런데 노래는 누가?"

화경의 머릿속에 번뜩 떠오른 인물은 절친 정신이었다.

"정신이 아시죠? 지난번에 창경원 앞에서 봤잖아요. 걔 소원이 방송국에서 노래 부르는 거예요. 제가 데리고 올게요."

"그럼 내일 아침에 이 식당 앞에서 만나기로 해요. 정신 씨도 같이요."

"네."

식당을 나온 현국은 다시 대학 동기의 아지트로 향했다. 화경은 정신이 머물고 있는 한성권번에 가기 위해 전차를 탔다. 청계천 광통교(광교)에서 내린 화경은 길 가는 사람에게 물어 한성권번에 도착했다. 권번의 으리으리한 솟을대문 앞에서 화경은 망설였다. 가야금 가락과 창가가 담을 타고 안팎을 넘나들었다. 술에 취한 채 기생의 어깨에 기대어 지나가는 남정네들을 보는 건 고역이었다. 그렇지만 마냥 그러고 있을 수는 없었다. 화경은 용기를 내어 권번 안으로 들어갔다. 가야금과 창가 소리에 취객들의 추임새가 더해져 권번 마당은 종로통만큼이나 시끌벅적했다. 화경의 어깨는 움츠러들었다. 그때 부엌에서 일하는 아낙네가 화경에게 다가왔다.

"누구슈? 아가씨가 권번엔 무슨 일로 왔수? 기생이 되려고 온 거요?"

화경은 고개를 절레절레 저었다.

"친구를 만나러 왔어요. 박정신이라고."

"박정신? 난 기명(기생 이름)만 알 뿐 본명은 모르는데."

화경은 정신의 생김새를 아낙네에게 알려줬다. 그래도 아낙네는 모르는 눈치였다. 결국 기생들에게 가서 윤화경이란 친구를 아는 사람이 없느냐 물어봐 달라고 부탁했다. 아낙네는 화경을 위아래로 훑더니 안으로 들어갔다. 얼마 후 권번 뒷마당에 조선 옷을 입은 여인이 나타났다. 살랑살랑대는 품새가 영락없이 정신이었다. 화경은 가슴을 쓸어내렸다.

화경인 것을 확인한 정신은 뚱한 표정을 지었다. 왜 권번까지 찾아왔느냐는 의미였다.

"여염집 따님이 어째서 권번에 다 오셨을까?"

정신의 비아냥거림을 따질 때가 아니었다. 화경은 바로 본론을 이야기했다.

"방송국에서 노래 부르게 해 줄게."

"뭐라고?"

정신은 끼고 있던 팔짱을 풀었다. 손으로 화경을 감싸더니 연못 쪽으로 데리고 갔다.

"진짜 방송국에서 노래 부르는 거야?"

"응. 그런데 좀 특별한 방송이야."

"호호호, 그래? 특별 방송에 내가 출연한다고?"

화경이 자기 입에 손가락을 댔다. 정신의 웃음소리가 컸기 때문이었다. 아무것도 모르는 정신은 화경의 손을 덥석 잡았다.

"윤화경, 너야말로 진짜 친구야. 내가 친구 복은 있어. 방송은 언제 하는 거야?"

"내일 아침."

정신의 눈이 새알심만큼 동그래졌다.

"당장 내일? 어… 준비할 시간이 부족하겠는데."

"준비는 많이 하지 않아도 돼. 노래 두 곡 부를 테니까."

정신이 브이 자를 그렸다.

"두 곡이나? 이야, 데뷔 무대가 엄청 화려하겠다."

"잘할 수 있지?"

화경이 정신의 손을 꽉 잡았다. 정신은 입을 꼭 다물면서 고개를 끄덕였다.

"내일 아침 여덟 시까지 경성방송국 앞 국밥집으로 와."

"응."

정신은 전차 타는 곳까지 화경을 바래다줬다. 화경이 어서 들어가라고 재촉해도 요지부동이었다. 화경은 전차를 타고 집에 돌아가는 내내 꺼림칙했다. 정신에게 사실을 모두 얘기하지 않아서였다. 화경은 애선만 생각하기로 했다. 만약 정신이 거사 계획을 사전에 알게 되면 일을 그르칠 게 뻔하다. 거사가 끝나면 사실을 말해 주고 용서를 청하기로 했다. 집에 도착한 화경은 특별 방송의 아나운서 멘트를 쓰기 시작했다. 화경의 방 불빛은 밤새도록 꺼지지 않았다.

다음 날 아침, 경성방송국 앞 국밥집에서 정신이 화경을 기다리고 있었다. 정신의 옷차림은 예전에 미쓰코시 백화점에서 화경을 만날 때처럼 화려했다. 정신은 국밥집을 들며 나는 남정네들의 시선 따위에 눈을 두지 않았다. 오로지 왕수복 같은 유명한 가수가 된 자신만을 상상했다. 머릿속으로는 창가의 노랫말을 되뇌었다. 혹시라도 노래하는 도중에 가사를 까먹으면 낭패이기 때문이었다. 목소리도 가다듬었다. 권번을 나올 때 챙겨 온 날달걀 두 알을 조심스럽게 쓰다듬었다.

여덟 시가 되자 화경이 나타났다. 그리고 뒤이어 현국이 국밥집에 왔는데, 난데없이 승용차를 끌고 왔다. 현국이 부잣집 자제인 것 맞지만, 해적방송을 위해 차를 가져올지는 전혀 예상하지 못했다. 차를 본 정신이 호들갑을 떨었다.

"어머, 이런 특별대우를 해 주시네요. 방송 출연자들을 차로

153

데려간다더니 정말이군요. 호호호."

현국은 멋쩍게 웃으며 화경과 정신을 차에 태웠다. 차에 오른 정신은 계속 재잘거렸다.

"아니 방송국이 코앞이라 걸어가도 되는데. 역시 젠틀한 모던 보이는 다르시네."

정신의 예상과 달리 차는 경성방송국과 점점 멀어졌다. 그러자 정신의 재잘거림이 멈췄다.

"방송국과 멀어지네요."

운전석에 앉은 현국이 서둘러 답을 내놨다.

"오늘은 특별 방송입니다. 그래서 특별한 스튜디오에 가는 겁니다."

"아하, 그럼 그렇죠."

안심을 한 정신은 콧노래를 부르기 시작했다. 방송 때 부를 노래를 연습하는 거였다. 기분이 들뜬 정신과 달리 화경은 두근대는 마음을 진정시킬 수 없었다. 만약 실패한다면 그 후폭풍을 어떻게 감당해야 할지 가늠하기 어려웠다. 경찰서에 잡혀간다면 아버지가 꺼내 줄 수 있겠지만, 그 대가로 방송국 일을 그만두고 히데오의 아들과 혼인해야 할 것이다. 화경은 성공만 생각했다. 애선을 위해서 자신을 위해서 반드시 성공해야 한다고 다짐했다.

차는 서대문을 지나 애오개(아현동)를 넘었다. 이화여자전문학교를 거쳐 노고산(대흥동)으로 방향을 틀었다. 울퉁불퉁한 산길을 올라 다다른 곳은 붉은색 벽돌로 지은 삼층집이었다. 운전석에서 내린 현국은 정신이 내릴 수 있도록 차의 뒷문을 열어 줬다.

"역시 젠틀맨이셔."

현국의 안내에 따라 정신과 화경은 집 안으로 들어갔다. 건물 복도에는 서양 그림이 걸려 있었다. 정신은 고풍스러운 집 분위기를 보며 감탄했다. 건물 주인은 이화여자전문학교의 서양인 교수였다. 화경은 애선의 편지와 방송 멘트가 적힌 종이가 가방에 잘 들어 있는지 점검했다. 하나라도 잃어버리면 큰일이었다.

특별 방송을 하기 위한 스튜디오는 3층 다락방이었다. 정동 경성방송국 송신탑과 연희리(연희동) 송신탑 사이 중간 지점, 노고산의 3층 집은 방송 주파수를 갈취하기에 딱 좋은 곳이었다. 현국의 대학 동기는 어젯밤부터 스튜디오를 만들었다. 현국과 함께 무거운 방송 장비를 나르며 가까스로 방송 준비를 마쳤다. 스튜디오는 아는 사람이 봤을 때 스튜디오가 아니었다. 그저 기계들만 들어찬 창고 같았다. 정신처럼 스튜디오에 한 번도 가 본 적 없는 사람에게는 그럴듯한 스튜디오로 보였다.

현국의 대학 동기는 엔지니어로 소개되었다. 화경은 아나운서이고, 현국은 프로듀서이며, 정신은 출연자다. 방송하기 위한 모든 요건이 다 갖춰졌다. 이제 '큐' 사인과 함께 방송만 하면 되었다. 방송 시간이 다가올수록 화경은 가슴은 요동쳤다. 화경은 방송 멘트가 적힌 종이를 읽고 또 읽었다. 실수하면 안 된다. 예전에 인서 대신 일용품 시세를 방송할 때처럼만 하면 된다. 화경은 쿵쾅대는 심장을 진정시키느라 자리에 앉아 있지 못했다.

방송 장비 점검을 마친 현국이 화경에게 다가왔다. 현국은 화경이 쓴 방송 멘트를 유심히 바라봤다.

"방송 개시 멘트가 없군요."

화경이 쓴 멘트의 첫 문장은 "지금부터 경성방송국의 새 프로그램 '사연 따라 노래 따라'를 시작하겠습니다."였다. 현국이 없다고 말한 멘트는 "여기는 경성방송국이올시다. 쩨이 오 듸 케이." 같은 방송국 소개말이었다. 현국의 지적에 화경은 생각에 잠겼다. 방송 시각은 점점 다가오는데 생각나는 말이 없었다. 현국이 도움을 줬다.

"경성방송국 주파수를 도용하긴 하지만 경성방송국은 아니잖아요. 이러면 어떨까요? 경성 모던방송국, 케이. 엠. 비. 케이는 경성, 엠은 모던, 비는 방송(브로드캐스팅)."

화경은 웃으며 좋다고 말했다. 그러고 나서 현국이 일러준 대로 방송국 소개말을 첨가하고 프로그램 시작 멘트를 수정했다.

오전 10시, 경성방송국의 제1방송도 그 시각에 새 프로그램을 시작한다. 제1방송과뿐 아니라 제2방송과도 귀를 기울일 게 분명하다. 몇 차례 전파 방해를 시도하여 성공한 현국의 대학 동기는 현국에게 오케이 사인을 보냈다. 현국은 시계를 쳐다봤다. 이

제 30초밖에 남지 않았다. 현국은 화경에게 마이크 앞에 서라고 일렀다. 화경은 크게 숨을 내쉬었다.

10시 정각 현국의 '큐' 사인과 함께 경성 모던방송국의 특별 방송이 드디어 막을 열었다. 현국은 장중한 오프닝 음악을 틀었고, 그 음악이 스튜디오에 울려 퍼졌다. 음악 소리가 엷어지자 현국의 '큐' 사인이 화경에게 향했다. 마침내 화경이 마이크 앞에서 입을 열었다.

"여기는 경성 모던방송국이올시다. 지금부터 경성 모던방송국의 새 프로그램 '사연 따라 노래 따라' 방송을 시작하겠습니다."

12
조선의 아나운서 모던걸

첫 멘트를 마친 화경의 가슴은 심하게 물결쳤다. 화경은 숨 돌릴 새도 없이 다음 멘트를 읽었다.

"청취자가 신청한 노래를 듣겠습니다. 제목은 '인생의 봄', 가수는 '연홍'이올시다."

연홍은 화경이 임시로 지은 정신의 예명이었다. 화경 옆에 있던 정신이 마이크 앞으로 다가왔다. 정신은 현국의 손가락을 주시했다. 현국이 다시 큐 사인을 보냈다.

노란 꽃잎 붉은 꽃잎 봄 따라 피고
인생의 봄 청춘이라 내 마음도 피네
새벽이슬 맞아 가며 곱게 피어서

인생의 봄 청춘을 노래 부르세

노래를 받쳐 줄 악기 따위는 없었다. 특별 스튜디오 안은 정신의 낭랑한 목소리만 가득했다. 반주가 없어도 정신은 정성을 다해 노래를 불렀다. 봄은 벌써 지나고 여름이 한창인데 정신은 봄을 노래했다. 인생의 봄, 노래를 부르는 정신은 봄의 한가운데에 와 있었다. 정신은 진짜 가수였다. 곡조는 봄바람을 타고 이리 불었다 저리 불었다 했다. 그 바람은 살랑거리기도 하고 세차게 몰아치기도 했다. 곱기도 하고 거칠기도 했다. 정신은 자기 안에 쌓아 올린 봄의 감성을 차근차근 풀어 놓았다. 노래하는 정신, 정신의 노래를 감상하는 화경, 둘은 모두 인생의 봄을 만끽하고 있었다.

노래는 2절까지다. 1절과 2절이 사이에 간주가 들어가야 한다. 하지만 특별 방송이다. 상황은 급박하다. 느긋하게 노래를 감상할 시간이 없다. 간주는 생략해도 된다. 제1방송을 듣는 청취자들은 의아해하겠지만, 반주와 간주 없는 노래는 신선하다. 꾸미지 않은 순수한 노래, 지금 정신은 노래의 참맛을 청취자들에게 선사하고 있다.

아지랑이 풀 그늘의 봄맞이 노래
인생의 봄 청춘이라 노래 부르세

지나간 봄 가신 님을 더듬지 말고
오시는 인생의 봄을 노래 부르세

화경은 정신이 부르는 노래에 빠져들었다. 그동안 아지랑이처럼 희뿌옇게 보였던 것들이 지금 또렷하게 보인다. 꿈속에서 아련하게 보였던 옛 동무, 미쓰코시 백화점에서 잠시 스쳐 간 여자아이, 제사공장 바닥에 비단 꾸러미를 떨어뜨렸던 앳된 여직원, 손가락이 잘린 채 토막에서 힘들게 사는 여직공, 소중한 보금자리를 빼앗긴 채 울고 있는 친구는 분명히 애선이다. 아나운서 입사 시험에서 떨어진 졸업반 여학생, 남의 목소리와 남의 이름을 대신해야 하는 아나운서 보조, 마음에도 없는 사람과 혼인해야 하는 외동딸은 화경 자신이다. 정신이 부른 노랫말처럼 그 모든 건 다 지나갔다. 이제 다가오는 인생의 봄을 맞이하면 된다.

'인생의 봄'이 끝났다. 이제 화경이 진짜 아나운서가 될 시간이다.

"인생의 봄 잘 들었습니까? 이제 청취자의 편지를 소개할 시간입니다. 첫 사연은 신당리 토막촌에서 온 것입니다."

화경은 입술을 깨물었다. 감정에 치우쳐서는 안 된다. 애선이 겪은 참상을 제대로 알려주는 게 아나운서의 사명이다.

"안녕하세요. 저는 경성부 신당리 토막촌에 사는 선입니다. 제사공장 다닐 적에 길거리에서 우연히 라디오를 들었어요. 전국 방방곡곡에 소식을 알려주는 라디오가 참 신기했습니다. 제가 이렇게 편지를 보낸 건 억울한 일을 당했기 때문이에요. 저는 다리 불편한 아버지와 동생 셋이서 함께 살고 있습니다. 어머니는 막냇동생을 낳다가 돌아가셨어요. 우리 가족은 김포에서 살다가 경성으로 이사 왔습니다. 살 곳이 없어 여기 신당리에 토막을 짓고 살았어요. 아버지는 시내에 가서 날품팔이를 하는데 몸이 성치 않아 잘 써 주지 않아요. 저는 경성제사공장에 들어가 옷감 나르는 일을 했고요. 손을 다쳐서 지금은 못 나가고 있지만요. 하루에 조밥 한 그릇도 못 먹으며 살고 있습니다. 그제였어요. 잠을 자고 있는데 쿵쾅거리는 소리가 났어요. 놀라서 일어나 보니 한쪽 벽이 없어져 버렸어요. 너무 놀라서 동생들을 다 깨웠습니다. 덩치가 큰 남자 어른들이 우리 집을 부수기 시작했어요. 사람이 있든 없든 닥치는 대로 세간살이를 집어 던졌어요. 항아리와 그릇이 모두 깨졌어요. 소금이며 간장이며 고추장도 모두 땅바닥에 버려졌어요. 우리는 너무 무서워도 울기만 했어요. 험상궂은 아저씨들은 울고 있는 우리에게 시끄럽다며 소리를 쳤어요. 아버지는 지팡이로 아저씨들에게 덤벼들었다가 얻어맞고 쓰러졌어요. 우리는 아버지를 붙잡고 또 울었어요."

화경은 용솟음치는 울음을 억지로 눌렀다. 침 한 번 삼키고 다시 애선의 편지를 내려다봤다. 정신은 너무나 진지한 화경의 모습을 보고 당황했다. 그러나 내색하지 않았다. 화경은 편지의 남은 부분을 마저 읽으려고 온 신경을 편지에 집중했다.

"다행히 아버지는 일어나셨어요. 아버지는 다시 토막을 지었어요. 다른 사람들도 힘을 합쳐서 다시 토막을 지었어요. 그러나 불한당 같은 사람들이 다시 나타났어요. 집에 사람이 있는데도 무조건 때려 부수었어요. 힘없는 토막촌 사람들은 함께 모여 불한당들에게 고래고래 소리를 질렀어요. 그자들은 도끼를 들고 곡괭이를 들고 사람들에게 달려들었어요. 쇠몽둥이까지 휘둘렀어요. 사람들은 피를 흘리고 쓰러졌어요. 그자들은 우리에게 욕을 해 댔어요. 너희는 날품팔이니까, 고물이나 쓰레기를 줍는 거지니까, 짐승처럼 움막에 사니까 그래도 된대요. 그들이 돌아가자 우린 또 집을 지었어요. 해도 뜨기 전에 불한당들은 또 왔어요. 집을 부수고 다시 짓지 못하도록 거적과 양철판을 가져가 버렸어요. 우리가 살던 곳에는 벽돌로 된 신식 집을 짓는대요. 우리는 꿈도 꾸지 못할 집이래요. 이제 우리는 머물 곳이 없어요. 밥을 해 먹을 수도 없어요. 살 곳도 없어요. 어디 갈 곳도 없어요. 나이 드신 분들은 벌써 병에 걸렸어요. 아파도 약을 쓰지 못해요. 아버지가 그러셨어요. 이러고는 못 산다고요. 모두 모여서 경성부청(서울시청)에 가서 따지자고 했어요. 불쌍한 우리를 도와주세요. 죽지 않고 살 수 있도록 제발 도와주세요. 제발 도와주세요. 제발요⋯."

애선의 편지는 거기까지였다. 진심 어린 화경의 목소리는 제대로 전달되었다. 화경은 밤새 고치고 고친 자신의 멘트를 애선의 사연 끝에 덧붙였다.

"저도 이런 일이 있는 줄 몰랐습니다. 이 편지를 보고 나서야 알았습니다. 이런 토막민들은 우리의 친척일 수 있습니다. 우리의 친구일 수 있습니다. 아무런 죄 없이 탄압받는 토막민들에게 도움을 주십시오. 저도 동참하겠습니다."

현국은 재빨리 정신에게 신호를 보냈다. 정신이 두 번째 노래를 할 때였다. 정신의 얼굴에는 웃음기가 사라져 있었다. 정신은 다시 마이크 앞에 섰다. 정신이 부를 곡은 '승리의 거리'였다.

울퉁불퉁 미친 구름 쥐어 지르고
일만 화살 쏟아지는 불타는 날빛
칼날 돋친 새벽바람 시원도 하이
오라 오라 사랑을 넘어서
시름 걱정 줄을 끊고 승리의 거리로

대포알을 재울거나 젊은이들아
요술 같은 지난날을 불 지를거나
달빛 실은 수레바퀴 잘도 달리네
오라 오라 사랑을 넘어서
시름 걱정 메다치고 희망의 거리로

정신의 음색이 '인생의 봄'을 부를 때와 달라졌다. 목소리에 힘이 잔뜩 들어가 비장하게 들렸다. 승리의 거리로 희망의 거리로, 답답한 화경의 마음을 뻥 뚫어 줄 노랫말이었다. 성선은 힘들어하는 토막촌 사람들에게 자신의 노래로 힘을 보태고 싶었다. '젊은이의 노래'는 부당하고 억울한 일을 당해도 마음껏 소리 지르지 못하는 이들에게 적합한 곡이었다. 화경의 손에도 힘이 들어갔다. 정신은 2절을 마친 후 잠깐 숨을 고른 다음 3절을 마저 부르기 시작했다.

승전고를 울리거나 젊은이들아
아편 같은 지난 일을 떠나 밀리고
희망 실은 트로이카 잘도 달린다
오라 오라 사랑을 넘어서
시름 걱정 불 지르고 광명의 거리로

노래를 끝낸 정신은 부쩍 상기되었다. 정신의 데뷔 무대는 성공이었다. 그러나 박수받을 시간이 없었다. 화경은 서둘러 마무리 멘트를 했다.

"오늘 방송은 여기까지입니다. 경청해 주신 청취자분들께 감사드립니다. 지금까지 경성 모던방송국 아나운서."

전날 밤, 마무리 멘트를 쓰던 화경은 여기에서 펜을 놓았다. 자신이 누군지 실명을 밝히는 건 제 발로 감옥에 가겠다는 뜻이다. 결코 그럴 수는 없다. 그렇다면 가명을 써야 한다. 화경은 여러 가지 가명을 지었다. 강숙련, 박선채, 윤혜숙, 이설경, 김초선, 김순희, 조명옥, 안금자, 백난정, 장용부, 노영란. 쓸 만한 가명이 얼추 지어졌다. 그중 하나를 고르면 되었다. 그런데 화경은 망설였다. 자기 마음대로 지은 이름이 진짜 이름이라면 애꿎은 사람이 화를 당할 게 분명하기 때문이었다. 가명도 실명만큼 위험했다. 뾰족한 수가 생각나지 않은 채 시간만 흘러갔다. 그러다 동이 틀 무렵 알맞은 이름을 찾았다.

"지금까지 경성 모던방송국 아나운서 '모던걸'이었습니다. 여기는 경성 모던방송국이올시다. 케이. 디. 비."

특별 방송이 모두 끝났다. 방송 시간은 고작 10분 남짓, 그 짧은 시간이 화경에게 열 시간처럼 느껴졌다. 방송이 끝나자 가장 바빠진 사람은 현국의 대학 동기였다. 그는 능숙한 손놀림으로 방송 장비를 거두기 시작했다. 현국은 화경과 정신을 챙겼다. 다시 차에 오르기 전까지 세 사람은 말이 없었다.

현국은 속도를 높였다. 울퉁불퉁한 자갈길 위에서 차는 심하게 요동쳤다. 흙먼지가 폭풍우처럼 휘날렸다. 노고산을 내려가 평지에 다다랐어도 누구 하나 말을 꺼내지 않았다. 애오개 부근을 지날 때 화경이 정신의 손을 잡았다.

"고마워. 힘든 일 해 줘서."

정신은 얼른 대답하지 않았다. 잠시 생각을 한 정신이 화경에게 반문했다.

"넌 괜찮아?"

"괜찮다고 하면 이상하겠지?"

"풉."

"뭐야?"

"하도 어이가 없어서. 나도 그렇고 넌 더 그렇고. 저기 아나운서님은 더더욱 그렇고."

"놀리는 거야?"

"그래 놀린다. 어쩔래?"

정신이 화경을 보며 혀를 내밀었다. 화경은 그런 정신이 얄밉지 않았다. 운전하던 현국이 화경과 정신을 칭찬했다.

"두 사람 정말 대단했어요. 저 같으면 떨려서 그렇게 잘하지 못할 텐데. 아무튼 두 분 다 대단합니다."

화경과 정신은 서로 바라보며 웃음을 지었다. 성공에 대한 기쁨이었다.

현국의 차는 정신이 머무르는 권번으로 향했다. 화경은 정신을 바래다주며 신신당부했다.

"우리만의 비밀인 거 알지? 무덤까지 가져가야 하는 거야."

"흥, 비밀은 무슨 비밀. 곧 탄로 날 텐데. 너나 나나 인생 종 친거야. 땡땡땡."

정신은 종 치는 시늉을 했다. 위급한 상황에도 정신은 재치를 잃지 않을 만큼 맹랑했다. 반면에 화경은 애가 탔다.

"비밀 꼭 지키는 거다. 우린 절친이니까."

"그래, 그래, 알았어."

정신은 귀찮은 듯 팔을 휘저으며 권번의 솟을대문을 열고 안으로 들어갔다. 화경이 차에 타려는 순간 안에 들어갔던 정신이 밖으로 다시 나왔다. 정신은 계단을 급히 내려와 화경에게 다가왔다.

"다음번엔 진짜 방송국 출연시켜 줘야 한다. 알았지?"

"어, 어."

화경은 정신이 권번으로 들어가 나오지 않는 것을 확인한 뒤 혼자서 방송국으로 향했다. 현국과 같이 방송국에 출근했다간 괜히 의심받을 수 있기 때문이었다. 방송국에선 틀림없이 한바탕 난리가 났을 것이다. 현국은 먼저 출발하기 전에 화경을 안심시켰다. 그러나 그건 사실 현국 자신을 위한 말이었다. 방송국에 가까워질수록 현국의 심장은 바짝바짝 타들어 갔다.

13
방송 후일담

　방송국 마당은 총독부와 경찰서 관리들이 몰고 온 차들로 북적거렸다. 정문은 수위 대신 순사들이 지키고 있었다. 순사들은 방송국에 들고 나는 모든 사람을 철저히 검문했다. 방송국 이곳저곳 사무실마다 순사들이 배치되었다. 특히 제1방송과와 스튜디오에는 칼 찬 군인 십수 명이 진을 치고 있었다. 방송국이 군대가 된 것 같았다. 현국은 조심스럽게 제2방송과 사무실로 들어갔다. 사무실에는 아무도 없었다. 의아하게 생각한 현국은 동태를 살피려고 사무실 밖으로 나갔다. 마침 공 과장이 현국을 발견했다.

　"이봐, 현국 씨. 어디 갔다 이제 오는 거야. 방송국이 발칵 뒤집혔다고."

현국은 모르는 척 순진한 표정을 지었다. 공 과장은 정신이 반쯤 나간 사람 같았다.

"몰랐어? 제1방송에 이상한 해적방송이 끼어들었다고. 토막촌인지 뭔지 이상한 사연을 들려줬단 말이야. 경성 모던방송국에 조선의 아나운서 모던걸이라나? 나 원 참 어처구니가 없어서. 이건 분명히 사회 불순세력, 시뻘건 빨갱이들 소행이야. 얼른 싹 잡아들여서 족쳐야 할 텐데. 아무튼 다들 조사받으러 갔다고. 자네도 얼른 가 봐."

"네."

조사실로 간 현국은 새 프로그램 준비하느라 늦게 출근했다고 둘러댔다. 조사관은 현국의 신원이 확실하다고 생각해 현국의 말을 곧이곧대로 들었다. 뒤이어 방송국에 출근한 화경도 조사를 받았다. 공교롭게도 조사관은 화경의 아버지에게 비단옷을 선물 받은 총독부 고위 관리였다. 아버지 덕분에 화경도 의심의 눈초리를 피할 수 있었다.

그날 화경과 현국이 준비한 새 프로그램은 성공리에 방송되었다. 화경이 소개한 청취자들 사연은 평범한 일상의 이야기였다. 문제가 될 만한 내용은 하나도 없었다. 스튜디오 주변에 순사와 군인이 깔려 있어 조금이라도 의심받을 짓은 할 수조차 없었다. 총독부와 경찰서 관리들은 늦은 밤까지 조사를 벌이다 돌아갔다. 경성방송국 안에는 물증이 전혀 없었다. 화경과 현국의 전파 방해 사건은 쉽게 해결될 일이 아니었다. 오랫동안 수사하고 조사할 일이었다. 그러나 사건이 벌어진 지 일주일이 지나도록 증거는 발견되지 않았다. 현국의 대학 동기와 그가 가져온 방송 장비는 연기처럼 사라졌다. 특별 스튜디오는 서양인 소유의 건물이라 경찰도 감히 들어갈 수 없었다. 총독부는 외교 문제로 번지는 걸 원치 않았다. 전파 방해 사건은 미궁 속으로 빠져들어 갔다.

그렇지만 특별 방송의 위력은 생각보다 대단했다. 토막촌 사람들은 날마다 경성부청에 몰려가 시위를 했다. 경성부청은 병력을 동원해 토막촌 사람들은 무자비하게 진압했다. 그래도 토막촌 사람들은 들풀처럼 일어나 다시 모였다. 살 곳을 마련해 달라고, 생존권을 빼앗지 말라고 한목소리로 절규했다. 특별 방송을 들은 지식인과 청년들은 토막민들과 연대했다. 민족 운동 단체에서도 보이지 않은 곳에서 힘을 보탰다. 토막민들은 외롭지 않았다. 화경의 특별 방송이 의식 있는 사람들을 움직였다. 기적이었다.

경성부청은 진드기처럼 붙어서 절대 떨어지지 않으려는 토막촌 사람들에게 진력이 났다. 때리고 가두고 짓밟아도 토막민들은 다시 나타나 경성부청을 골치 아프게 했다. 피로해진 경성부청은 결국 꼼수를 썼다. 우선 신당리 땅에 문화주택을 지으려는 건축업자 히데오를 뒤로 물렸다. 대신 히데오에게 신당리 말고 다른 땅을 주기로 했다. 그런 다음 토막민들에게 막대한 토지 사용료를 물렸다. 한 달 10원이라는 비싼 지세를 징수한 것이다. 온종일 돌아다녀 봐야 10전도 못 버는 토막민들에게 10원은 감당하기 힘든 금액이었다. 돈으로 압박해 토막민들을 몰아내려는 심산이었다. 꼼수지만 지능적인 고단수였다. 그래도 토막민들은 갈 곳이 없어 다시 신당리로 갔다. 신당리는 그들에게 고향과 마찬가지였다.

애선의 아버지도 신당리에 다시 집을 지었다. 버틸 때까지 버텨 보자고 애선을 타일렀다. 손이 얼추 나은 애선은 새로운 일자리를 얻었다. 애선은 화경이 다닌 진명여학교의 사환이 되었다. 그렇게 된 데는 화경의 역할이 컸다. 화경이 졸업반 은사인 김 선생에게 애선을 추천했기 때문이었다. 화경은 애선과 만날 일이 많아졌다. 보통학교 때처럼 스스럼없이 대할 수는 없었지만 서먹서먹하지는 않았다. 화경은 특별 방송에 대해서 말하지 않았다. 애선이 그 사실을 모르는 게 낫겠다 싶었다. 다시 예전처럼 친해지면 그때 말하기로 했다.

화경의 아버지는 문화주택촌 건설 사업에서 손을 뗐다. 대신 남들보다 늦게 금광에 손을 뻗었다. 아버지는 박 서방을 데리고 아예 광산이 있는 함경도로 내려갔다. 히데오 아들과의 혼사는 흐지부지 없던 일이 되었다. 그러나 안심할 수는 없었다. 함경도에 내려간 아버지가 광산 재벌의 아들을 혼처로 데려올지 모른다. 화경은 미리 걱정하지 않기로 했다. 화경에게 중요한 건 지금 이 순간이었다. 아직 일어나지 않은 불행한 미래 때문에 현재를 흘려보낼 수는 없었다.

경성방송국 제2방송과에도 변화가 생겼다. 인서는 시간이 지나도 돌아오지 않았다. 결국 면직되고 말았다. 들리는 소문에 의하면 구라파의 작은 나라로 갔다고 했다. 숙현은 그럴 리 없다며 강하게 부정했다. 또 바람이 났다는 거였다. 이번엔 아내가 있는 서양 남자라고 했다. 물론 화경은 숙현의 말을 절대 믿지 않았다. 그러나 숙현과 관련하여 믿을 수밖에 없는 일이 생겼다.

단풍이 물들기 시작할 무렵, 제2방송과 조회 시간에 희한한 일이 벌어졌다. 회의가 끝나갈 즈음, 눈치를 살피던 기정이 벌떡 일어나더니 옆에 있는 숙현도 일으켜 세웠다.

"저희 둘 연애합니다."

숙현의 팬들에게 연애 사실을 들켜 어쩔 수 없이 밝힌 거였다. 공 과장은 그럴 줄 알았다며 껄껄댔다. 국수 먹는 날이 언제냐며 축하인지 비아냥거림인지 모를 말을 쏟아 냈다. 화경은 화를 내지도 질투를 하지도 않았다. 그저 덤덤하게 받아들였다. 어차피 기정과 숙현 사이엔 뭔가가 있었다. 자기가 끼어 들어갈 틈이 별로 없었다. 게다가 화경에겐 이제 연애가 최대 관심사가 아니었다. 모던보이란 말은 잊었다. 보조 딱지를 떼고 정식 아나운서가 되어서 바쁘게 일하는 덕이었다. 현국과 함께 만드는 새 프로그램은 청취자들의 인기를 독차지했다.

특별 방송은 정신에게도 행운을 가져다주었다. 그날 정신의 노래를 들은 레코드사 사장은 정신을 수소문했다. 사장의 집요함은 총독부나 경찰서보다 한 수 위였다. 사장의 마음에 든 정신은 레코드를 취입해 꿈에 그리던 가수가 되었다. 우수에 찬 정신의 노랫소리에 사람들은 매료되었다. 그리고 마침내 정신은 진짜 방송에 출연했다. 그것도 현국이 연출하고 화경이 진행하는 프로그램이었다. 화경과 정신, 현국이 만들어 낸 멋진 하모니였다.

애선을 위한 특별 방송이 있은 지 여섯 달이 지났다. 개구리가 겨울잠에서 깨어나는 경칩 무렵이었다. 화경은 방송국에 온 수많은 편지 가운데 하나를 집었다. 편지를 보낸 이는 '똥 푸는 인부 신기동'이었다. 편지를 다 읽은 화경이 현국을 조용히 불렀다.

"특별 방송 가능할까요?"

잠깐 고민하던 현국이 답을 내놨다.

"합시다. 정신 씨, 아니 연홍 씨와 권번 사람들도 함께 부르면 좋겠네요."

화경은 정신에게 기별을 보냈다. 내용은 미쓰코시 백화점에서 만나자는 거였다. 그건 암호였다. 화경은 벌써부터 가슴이 설레었다. 두 번째 특별 방송의 시작 멘트가 뇌리를 스쳤다.

"조선의 아나운서 모던걸이올시다. 지금부터 아주 모던한 방송을 시작합니다. 여기는 경성 모던방송국, 케이. 엠. 비."

여기는 경성 모던방송국

초판 1쇄 발행 2019년 10월 24일

지은이 이정호
펴낸곳 글라이더 **펴낸이** 박정화

등록 2012년 3월 28일(제2012-000066호)
주소 경기도 고양시 덕양구 화중로 130번길 14(아성프라자 601호)
전화 070)4685-5799 **팩스** 0303)0949-5799 **전자우편** gliderbooks@hanmail.net
블로그 http://gliderbook.blog.me/
ISBN 979-11-7041-009-6 43810

이 도서의 국립중앙도서관 출판예정도서목록(CIP)은 서지정보유통지원시스템
홈페이지(http://seoji.nl.go.kr)와 국가자료공동목록시스템(http://www.nl.go.kr/
kolisnet)에서 이용하실 수 있습니다.(CIP제어번호: CIP2019038667)

글라이더는 독자 여러분의 참신한 아이디어와 원고를 설레는 마음으로 기다리고 있습니다.
gliderbooks@hanmail.net 으로 기획의도와 개요를 보내 주세요. 꿈은 이루어집니다.